Regine Fiedler

Das verwunschene Buch

Regine Fiedler, geboren 1964

Ich lebe mit meiner Familie und vier Zwergkaninchen in einem Dorf an der Nordseeküste in Friesland.

Ich mag die Arbeit mit jungen Menschen und leite in verschiedenen Schulen Schreibwerkstätten. Neben Kinder- und Jugendromanen schreibe ich auch für Erwachsene, da aber unter Regine Kölpin. Vielleicht lernen wir uns bei einer Autorenbegegnung in deiner Schule einmal kennen. Wenn du mehr über mich erfahren willst: **www.regine-fiedler.de**

Regine Fiedler

Die Deichbande

Das verwunschene Buch

KBV Krimi-Kids

Originalausgabe

www.kbv-verlag.de
E-Mail: info@kbv-verlag.de
Telefon: 0 65 93 - 998 96-0
Fax: 0 65 93 - 998 96-20
Umschlagillustration: Ralf Kramp
Redaktion: Nicola Härms, Rheinbach
Druck: CPI books, Ebner & Spiegel GmbH, Ulm
Printed in Germany
ISBN 978-3-95441-183-2

1. Kapitel

Lia schreckte hoch. Sie sammelte sich einen Augenblick und musste sich kurz orientieren, wo sie war. Richtig, sie lag in ihrem Schlafsack eingekuschelt in der Kinderbibliothek der Bücherei in Norden und war während der Lesenacht über dem Buch *Die Schatzinsel* eingeschlafen. Sie lauschte in die Dunkelheit, der Atem ihrer Freunde drang gleichmäßig zu ihr herüber. Ansonsten war es still. Sicherlich hatte sie nur geträumt, als sie glaubte, ein Poltern gehört zu haben.

Lia schloss die Augen wieder. Doch dann schreckte sie erneut hoch. Auf dem Dachboden polterten Schritte. Leise nur und sehr verhalten. Es machte den Eindruck, als schleiche jemand da oben über die Dielen. Aber wer sollte das mitten in der Nacht tun? Lia wollte sich eben aus ihrem Schlafsack befreien und nachsehen, ob die Tür zum Speicher offen stand, als sie sich eines Besseren besann. Womöglich weckte sie die anderen, und sie hatte sich doch geirrt. Auf das Gelächter konnte sie getrost verzichten. Schließlich unterstellten gerade Helge und Maybritt ihr ständig, dass sie Gespenster sah. Sie blickte zu ihrer Freundin hinüber, deren Gesicht unter ihrem Buch vergraben lag. Helge, der rechts in der Ecke der Jugendbibliothek schlief, wurde vom fahlen Mondlicht angestrahlt. Ihm war der Einband aus der Hand gerutscht, eben blätterte sich eine Seite wie von Geisterhand weiter.

Alle Kinder der Lesenacht lagen dicht beieinander. Nur Keno hatte schon am Abend angekündigt, er wolle in der

Elternbibliothek nächtigen, weil er lieber allein schlief. Lia fand ihn seltsam. In der Schule stand er meist abseits und musterte alle anderen kritisch. Er sprach kaum, wirkte immer leicht abwesend. Mirko traf sich manchmal mit ihm. Aber der war nicht weniger eigenartig.

Lia rutschte unruhig hin und her. Sie hätte zu gern gewusst, ob Keno noch in der Elternbibliothek lag oder ob er es war, der da auf dem Dachboden herumschlich. Gestern Nachmittag war die ganze Gruppe dort oben gewesen und hatte die alten Bücher bestaunt, die unsortiert in staubigen Regalen gestapelt lagen.

»Das ist der Gründungsbestand der Bibliothek«, hatte Frau Meyer, die Bibliothekarin, gesagt. »Einige davon sind sehr wertvoll und alt. Wir werden sie alle wieder herrichten lassen, es ist ein wahrer Schatz, der hier lagert.«

Sina, die Praktikantin, hatte ihnen danach kurz erlaubt, ein paar der Bücher in die Hand zu nehmen. Lia fand das allerdings ziemlich unspektakulär. Die alten Schinken waren zwar recht interessant, aber sie konnte sich kaum vorstellen, dass diese staubigen Dinger einen Wert haben sollten. Da zog sie doch einen spannenden Schmöker mit schickem Einband den eher eintönig gestalteten Büchern vor. Die meisten waren in tristes Leinen gekleidet, ein paar schmückten zusätzlich verschiedene Aufdrucke oder goldene Schriften.

Keno aber war sehr interessiert an dem alten Bestand gewesen. Auf Lia hatte es gewirkt, als wäre er auf der Suche nach einer ganz bestimmten Lektüre. Er hatte geradezu in dem staubigen Berg gewühlt, bis er schließlich ein dunkelblau eingebundenes Buch in den Händen gehalten hatte. Kenos Nase war augenblicklich in den Seiten verschwunden, und er hatte mit hochroten Ohren darin gestöbert. »Darf ich es mitnehmen? Bitte!«

Sina hatte ihm das Buch sofort weggenommen und es zurückgelegt. »Natürlich nicht. Eure Bücher stehen unten in der Bibliothek! Ihr könnt doch keine wertvollen Antiquitäten von hier oben ausleihen. Was für eine dumme Idee! Manchmal dürfen Erwachsene einen Blick hineinwerfen, aber ausschließlich im Lesesaal.« Sinas ärgerliche Stimme klang Lia noch immer im Ohr. Sina und Keno waren verwandt, sie war eine entfernte Cousine oder so. Vielleicht war sie deshalb so unwirsch gewesen. Jedenfalls hatte sie den anderen Kindern mit diesem scharfen Ton eine gehörige Portion Respekt eingeflößt, und alle waren froh, den düsteren Dachboden alsbald verlassen zu können.

Später hatte Sina wieder vor Freundlichkeit gestrahlt. Sie hatten Verstecken im Dunkeln gespielt. Und sie hatte Vossi, das Fuchsmaskottchen, geholt. Eigentlich fanden Lia und ihre Freunde sich zu alt dafür, aber es hatte dennoch Spaß gemacht, als Sina ihnen ein Ein-Mann-Kaspertheaterstück damit vorgespielt hatte. Vossi gehörte nun mal in die Bibliothek, die Kinder waren mit dem Plüschfuchs groß geworden. Überall war er präsent. Er empfing am Eingang alle Besucher als Standbild mit den neuesten Veranstaltungen und es gab eben den Plüschvossi. Schließlich waren sie ermattet auf ihre Luftmatratzen gesunken und hatten sich auf ihre ausgeliehenen Bücher gestürzt. Lia schloss daraus, dass Keno seiner Cousine einfach auf die Nerven gefallen war. So wie er es gern tat. Er war eben eine Nervensäge. Aber war er vielleicht doch erpicht darauf gewesen, das Buch zu lesen, und hatte sich jetzt auf den Dachboden geschlichen? Lia schüttelte den Kopf. Dazu war er nicht mutig genug. Er würde sich nachts niemals allein da hinaufwagen. Lia schätzte ihn eher feige ein: ein echtes Weichei eben. Ein Junge, der bestimmt Angst vor harmlosen Spinnen hatte und beim Anblick einer Maus auf den nächstbesten Stuhl sprang und womöglich vor Panik hintenüberkippte.

Noch während Lias Gedanken durch ihren Kopf rollten, schlief sie wieder ein. Den Rest der Nacht blieb es ruhig im Vossenhus, wie die Stadtbibliothek in Norden auch genannt wurde.

»Guten Morgen!«, weckte Frau Meyer die schlafenden Kinder. »Wer mag warmen Kakao und ein frisches Brötchen?«

Alle rieben sich verschlafen die Augen, hatten sie doch in der letzten Nacht genau das getan, was man in einer Lesenacht tun sollte. Lesen, lesen, lesen. Keines der Kinder hatte aufhören können zu schmökern, und so waren sie schließlich über ihren Büchern eingeschlafen. Aber der Duft des warmen Kakaos durchzog nun die Räume der Bibliothek und machte schlagartig munter.

»Ich habe den Tisch schon gedeckt«, erklärte Frau Meyer lächelnd. »Ich hoffe, ihr habt wunderbar geschlafen und von euren Büchern geträumt!« Sie wandte sich zu Sina um, die dabei war, die Brötchen aufzuschneiden. »Hast du Keno geweckt?«

Die Praktikantin nickte. »Er putzt sich noch die Zähne. Ich habe den Eindruck, er hat die ganze Nacht kein Auge zugemacht.«

Lia zuckte bei diesen Worten zusammen. Lag sie mit ihrer Vermutung doch richtig? Sie beschloss, Keno weiter zu beobachten.

Die Kinder drängelten sich an die Waschbecken und erledigten ihre Morgentoilette, die allerdings nur aus Zähneputzen und einer flüchtigen Gesichtswäsche bestand. »Katzenwäsche«, wie Maybritt es ausdrückte.

Anschließend stürmten sie an den Frühstückstisch. Lia blickte verstohlen zu Keno, der aber wie immer unbeteiligt und in sich gekehrt wirkte. Er beschmierte das Brötchen fingerdick mit Nutella und biss herzhaft hinein. Er machte einen unzufriedenen Eindruck. Entweder hatte er das Buch in der Nacht nicht gefunden oder er war wirklich nur unausgeschlafen. Auf jeden Fall stimmte mit ihm etwas nicht, und Lia würde ihm schon noch gehörig auf den Zahn fühlen.

»Hattet ihr eine ruhige Nacht?«, fragte Lia Helge und Maybritt mit lauerndem Blick. Es wäre beruhigend, wenn auch ihre Freunde Geräusche vernommen hätten.

Maybritt rückte ihre Brille zurecht, die sie seit Neuestem trug. »Ja, wieso? Was soll denn gewesen sein?«

Helge sah ebenfalls fragend zu Lia.

»Ich meine, ihr habt kein Poltern gehört?«

Ihr Freund schob sich das Brötchen zum Mund. »Mein Schlaf wurde durch nichts gestört außer von meinen wüsten Träumen. Zwischendurch befand ich mich tatsächlich in der Welt meiner Geschichte. Ich meine, das fühlte sich richtig echt an. Neben mir hat eine Rohrdommel ihr dumpfes Tuten von sich gegeben, dazwischen quakten die Frösche … Oder warst du das, Lia?«

Die stieß ihren Freund weg. »Wenn du nur diese blöden Bücher über Vögel und Frösche liest, kann ich nichts dafür, wenn sie dich in den Träumen heimsuchen. Ich meinte das übrigens ernst!«

Frau Meyer sah fragend zu den dreien herüber. »Worüber streitet ihr? Ich bin auch kurz aufgeschreckt. In der Nacht hat ein ganz schön heftiges Gewitter über Norden getobt. Hast du das gehört, Lia?«

Lia sog die Luft ein. Ein Gewitter also. Das könnte die Erklärung sein. Sie hatte da wohl im Halbschlaf etwas durcheinandergebracht. Sie schüttelte allerdings entschieden den Kopf. »Nein, davon habe ich nichts mitbekommen. Ich habe wunderbar geschlafen.« Wie zur Bestätigung reckte sie sich. Nun blickte Helge sie äußerst misstrauisch an. Er nahm ihr diese Aussage eindeutig nicht ab.

Frau Meyer aber nickte freundlich. Sie wirkte müde und war sicher froh, wenn die Kinder gleich nach Hause gingen und sie alles schadlos überstanden hatte.

Helge stieß Lia in die Seite. »Was willst du denn gehört haben? Du redest ganz bestimmt nicht von einem Gewitter! Ich sehe dir deine Lüge doch an!«

»Schritte«, flüsterte Lia mit vorgehaltener Hand. Sie wollte nicht, dass die anderen etwas davon mitbekamen. »Und ein Poltern und Schieben. So, als krame jemand auf dem Dachboden bei den alten Büchern herum. Ich kann mir auch denken, wer das war, weiß aber nicht, warum!«

Helge runzelte die Stirn. »Das glaube ich nicht. Wer soll denn da in der Nacht raufschleichen? Vossi vielleicht?« Er lachte auf. »Bestimmt hat der Fuchs sich gelangweilt und spontan beschlossen, auf dem Dachboden spielen zu gehen.«

Lia knuffte ihn heftig in die Seite.

Helge nahm ihr den Angriff nicht übel. »Hast ja recht. Allerdings sind ein paar der Exemplare da oben wirklich wertvoll. Vielleicht waren Diebe am Werk?«

Maybritt hatte das heimliche Gespräch belauscht. »Wer kann denn nachts dort hinauf? Derjenige müsste durch die Bibliothek gehen und wieder an uns vorbeikommen. Unwahrscheinlich.«

»Wir haben geschlafen«, raunte Lia. »Und wenn es auch noch ein Gewitter gab, waren sie auf der sicheren Seite. Lärm gab es somit genug.«

Maybritt schüttelte den Kopf. »Lia! Das ist unmöglich!«

Die grinste breit. »Nein, ich habe eine viel bessere Idee! Das war ein Spuk! Da oben treibt jemand sein Unwesen und rollt abgeschlagene Schädel über den Boden. Buhu!«

Jetzt wurde Frau Meyer doch wieder hellhörig. »Was soll das, Lia? Ich möchte in Ruhe frühstücken. Vossi liegt übrigens seit gestern Abend in meinem Büro.«

Sina hingegen lächelte zurück und zwinkerte Lia zu. »Du hast echt eine tolle Fantasie. Was liest du gerade?«

»*Die Schatzinsel*, und da kommen sehr merkwürdige Gestalten vor. Die spuken jedoch nicht«, lachte Lia. »Aber sie suchen einen Schatz, und wer weiß: Vielleicht gibt es im Vossenhus auch einen? Es war schließlich einmal ein altes Kaufmannshaus.«

Frau Meyer runzelte die Stirn. »Das Haus hat man so oft umgebaut, da kann nichts liegen, was in den letzten Jahrhunderten nicht schon entdeckt worden wäre. Bitte mach nicht alle rebellisch!«

Keno wirkte plötzlich hellwach. »Aber stellt euch mal vor, es wäre so! In Norden gab es viele Schmuggler! Das haben wir kürzlich in der Schule besprochen. Die sind immer von hier nach Helgoland gefahren und haben mit den Engländern Handel betrieben. Ein Schatz im Vossenhus, das klingt spannend!« Seine Augen leuchteten, und zum ersten Mal war er Lia sympathisch.

»Es reicht, ihr beiden!« Sina runzelte die Stirn. »In der Stadtbibliothek liegt kein Schatz und schon gar keiner, den irgendwelche Schmuggler hinterlassen haben. Der einzig wahre Reichtum sind die noch nicht fertig katalogisierten Bücher. Schluss jetzt!« Sie schüttelte energisch den Kopf.

»Wenn letzte Nacht irgendetwas gewesen sein sollte, so war es bestimmt das Gewitter«, lenkte Frau Meyer beschwichtigend ein. »Lia, du wirst nur das Donnern vernommen haben. Es hat wirklich laut gescheppert. Irgendwo in der Nähe muss der Blitz eingeschlagen sein. Ein Bücherdieb oder ein Schatzsucher kann nicht oben gewesen sein. Es ist auch schon vorgekommen, dass die Dachpfannen ordentlich geklappert haben, als der Wind durch den nicht isolierten Speicher gejagt ist. Es gibt immer eine natürliche Erklärung!« Sie lächelte Lia an. In ihrer Stimme schwang Hoffnung, dass sich das Thema damit erledigt hatte.

»Sie können ja mal auf den Dachboden klettern, um es zu kontrollieren!«, schlug Maybritt ketzerisch vor. »Nachsehen, ob ein Schatz dort herumsteht oder ob eines der Bücher verschwunden ist. Sonst gibt Lia sowieso keine Ruhe. Womöglich bricht sie selbst noch ein, nur um Ihren Irrtum zu beweisen.«

Helge sah erstaunt zu seiner Freundin. »Warum bringst du solche Würze ins Gespräch?«, fragte er. »War bislang doch alles nur ein Spaß.«

»Lia übertreibt ständig. Wir hatten eine wunderbare Lesenacht, und nun kommt sie schon wieder mit ihren Kriminalgeschichten. Oder besser, jetzt redet sie sogar von ganzen Schätzen, Gespenstern und Spuk. Das ärgert mich einfach. Ich möchte in Ruhe frühstücken.«

Frau Meyer war aufgestanden und stellte sich hinter Lia. »Ich glaube, ich würde noch nicht einmal herausfinden, wenn ein Buch fehlt. Du hast doch gesehen, welch Durcheinander dort herrscht. Du weißt, Sina und meine Kollegin Frau Wiesel kümmern sich um Ordnung. Ich schicke sie gleich hinauf, und sie schaut, ob etwas anders ist. Dann ist das ein für alle Mal vom Tisch.« Sie klatschte in die Hände. »Und nun wird gefrühstückt!«

Helge aber zog Lia noch einmal zu sich heran. »Wenn jemand auf dem Dachboden war, wird er nach einem bestimmten Buch gesucht haben. Entweder ist es besonders wertvoll oder es steht etwas Geheimnisvolles darin.«

Lia nickte mit dem Kopf in Richtung Keno, und Helge verstand sofort, was sie meinte. Er hatte ebenfalls gesehen, wie fasziniert der von dem einen Band gewesen war.

»Aber erstens: Woher weiß er, welchen Wert es hat, und zweitens: Weißt du, was es für eins gewesen ist?«, fragte Lia und ärgerte sich, weil sie gestern nicht nachgehakt hatte.

Helge zuckte mit den Schultern. »Keine Ahnung, vielleicht will er das Buch einfach nur haben? Und worum es darin geht, habe ich auch nicht erkennen können. Aber ich finde es raus, sei sicher.«

»Auf dich ist wenigstens Verlass«, grinste Lia ihn mit einem Seitenblick auf Maybritt an. Die kaute ungerührt auf ihrem Brötchen.

Nach dem Frühstück packten sie ihre Sachen zusammen und wollten sich gerade verabschieden, als Frau Wiesel, die Kollegin von Frau Meyer, eintrat. Sie hatte die Nacht nicht mit der Lesegruppe im Vossenhus verbracht und wirkte aufgelöst. Sie winkte die Bibliothekarin beiseite.

Nach dem Gespräch stellte sich die Leiterin der Bibliothek vor die Gruppe. »Anscheinend ist gestern tatsächlich ein Buch entwendet worden. Frau Wiesel war eben oben und wollte ihre Arbeit fortsetzen, als es ihr aufgefallen ist. Es handelt sich um einen Band, der eine alte Geschichte aus Norden erzählt. Sie hat es nur deshalb gemerkt, weil sie gerade dabei war, genau das Werk zu katalogisieren und es am Vorabend beiseitegelegt hat, um heute Morgen damit weiterzumachen. Sonst wäre es unbemerkt geblieben. War einer von euch oben und hat es heimlich ausgeliehen? Immerhin hat Lia Schritte vernommen.«

Alle schauten betreten zu Boden.

Frau Meyer blickte zu Keno, der schon wieder abwesend wirkte, aber auf Nachfragen heftig mit dem Kopf schüttelte.

Lia stieß Helge an. »Der weiß etwas!«, flüsterte sie. »Guck dir sein Gesicht an!«

2. Kapitel

Es regnete Bindfäden, als Lia, Helge und Maybritt am Montag nach der Lesenacht nachmittags zur Bibliothek stapften. Bemüht, nicht in die tiefen Pfützen zu treten, die sich überall auf den Gehwegen ausgebreitet hatten. »Ich finde die Lesewochen in der Bibliothek einfach super. Die Lesenacht, dann verschiedene Autoren, die zu Lesungen kommen … irgendwie ist alles um vieles interessanter als sonst.« Maybritt geriet ins Schwärmen. Lias Gedanken aber waren ganz woanders.

Am Samstag hatte nämlich nicht mehr aufgeklärt werden können, ob jemand von den Kindern das Buch entwendet hatte, und alle waren mit einem komischen Gefühl im Bauch nach Hause gegangen. Jedem von ihnen haftete nun der Verdacht an, etwas damit zu tun zu haben. Dass ein anderer Dieb dafür verantwortlich sein könnte, schloss Frau Meyer aus. »Die Tür war abgeschlossen, wer sollte denn ins Vossenhus kommen? Ich bin sehr enttäuscht von euch.« So schnell würde es sicher keine Lesenacht mehr geben.

Zu dieser Erkenntnis passte das miserable Wetter perfekt. »Und das nennt sich nun Frühling«, schimpfte Lia. »Wir müssen herausfinden, wer sich in der Nacht auf dem Dachboden herumgetrieben hat. So bleibt der Makel ewig an uns kleben, und an mir ganz besonders«, fügte sie düster hinzu. »Das wäre als Erinnerung an diese Lesewochen nicht so toll.«

»Warum denn das schon wieder?«, fragte Maybritt.

»Immerhin habe ich Schritte gehört, und Frau Meyer sieht mich jetzt so an, als hätte ich das nur vorgetäuscht, weil ich selbst da oben war.«

»Das bildest du dir ein. Ehrlich gesagt ist es mir wurscht, was Frau Meyer von mir denkt. Ich habe nichts Unrechtes getan und muss mich nicht rechtfertigen. So weit kommt das noch!« Maybritt schien dieses Thema die Laune gründlich zu verhageln.

Lia blickte auffordernd zu Helge. »Was meinst du?«

Der zuckte mit den Schultern. »So ganz will mir auch nicht in den Kopf, weshalb wir uns Gedanken um ein verschwundenes altes Buch machen sollten. Es wird schon wieder auftauchen und wenn nicht, dann eben nicht. Ich gebe Maybritt recht!«

Lia wurmte der triumphierende Blick ihrer Freundin. Noch gab sie allerdings nicht auf. »Keno hat sich seltsam verhalten, und ich wüsste einfach zu gern, ob er es tatsächlich gewagt hat, das Buch vom Dachboden zu stehlen. Frau Meyer hat zwar von Ausleihen gesprochen, aber sie wollte vermutlich nicht zu massiv werden, damit der Dieb sich überhaupt traut, es zurückzugeben«, erklärte sie.

»Wenn Keno es wirklich hat«, erwiderte Maybritt. »Der würde nämlich niemals allein in der Nacht da oben herumstromern. Oder kannst du dir ihn als Helden vorstellen? Ganz abgesehen davon, dass die Tür abgeschlossen war. Ich habe selbst gesehen, wie Frau Meyer das getan hat. Glaub mir, Frau Wiesel hat es bestimmt verschusselt. Du weißt doch, wie durcheinander sie manchmal ist.«

Das musste Lia allerdings zugeben. Wenn etwas in der Bibliothek schieflief, lag es meist an Frau Wiesel. Sie verlegte Schlüssel, sie stieß hin und wieder etwas um. Warum sollte sie nun dieses blöde Buch nicht selbst verbummelt haben?

»Wir leihen jetzt unsere Bücher aus und radeln anschließend an den Strand«, erklärte Maybritt. »Der Frühling ist da, und er ist auch bei Regen schön! Wir zerbrechen uns im Augenblick nicht den Kopf.«

»So machen wir das«, strahlte Lia. »Und nebenbei fragen wir Frau Meyer, ob sie etwas Genaues weiß. Dann gehen wir ans Meer, versprochen!«

Maybritt sah Lia zwar skeptisch an, erwiderte aber nichts mehr. Ihre Freundin tat sowieso immer nur das, was sie wollte und würde sich von Maybritts Gemecker nicht davon abhalten lassen.

Frau Meyer blickte die drei freundlich an, als sie die Bibliothek betraten. Lia warf dem Vossi-Standbild einen skeptischen Blick zu. Ihr kam es vor, als zwinkere es ihr zu. Sie sollte wirklich aufhören mit diesen Spukgedanken.

»Heute war viel los«, stöhnte sie. »Es waren Klassen aus eurer Schule hier, wir hatten zwei Autorenlesungen.«

»Wie viele Schriftsteller waren denn da?«, fragte Lia.

»Eine«, lachte Frau Meyer, »aber sie ist nun schon wieder fort. Was verschlägt euch hierher? Habt ihr eure Bücher vom Wochenende bereits ausgelesen? Das ging ja fix.«

Lia nickte. »Eigentlich sind wir hier, weil es uns interessiert, ob das verschwundene Buch gefunden worden ist.«

Frau Meyer schüttelte nachdenklich den Kopf. »Wirklich komisch, aber seit heute Morgen ist es tatsächlich wieder aufgetaucht. Es lag in meinem Büro im ersten Stock. Ich frage mich, ob ich es einfach übersehen habe.

Oder ob es sich nicht um ein verschwundenes, sondern gar um ein verwunschenes Buch handelt, das stets ins Vossenhus zurückfindet?« Die Bibliothekarin lachte laut bei der Vorstellung. Es klang jedoch erleichtert.

Helge räusperte sich. »Dann hat Maybritt wohl recht gehabt. Alles war harmlos. Weil es verwunschene Bücher nicht gibt, steht dem Strandtag nichts mehr im Weg. Wie schön!«

Lia war allerdings nicht so rasch zufriedenzustellen. »Handelt es sich bei dem Band eigentlich um ein wertvolles Exemplar?«

Frau Meyer schüttelte den Kopf. »Nein, ich glaube nicht. Es ist nicht einmal gut zurechtgemacht und übrigens ziemlich dünn, nur hundertsechzig Seiten, aber mit festem Einband.« Sie winkte den dreien, die ihr ins Büro folgten. »Ich zeige es euch. Seht hier, ein blauer Leineneinband, in der Mitte ein Eindruck mit Motiv.« Frau Meyer fuhr mit den Fingerspitzen über den Buchrücken und reichte Lia das Exemplar.

Die untersuchte den Abdruck ganz genau. »Darauf ist ein Fuchs in einem altertümlichen Kahn abgebildet. Aus welchem Jahrhundert stammt es?«

»Das weiß ich nicht«, bedauerte Frau Meyer. »Ich bekomme immer einen heftigen Niesreiz bei alten Büchern, von daher habe ich mich mit dem Bestand auf dem Dachboden nicht weiter beschäftigt. Und in dem hier fehlt vorne der Hinweis auf das Erscheinungsjahr. Jemand hat die Seite herausgerissen.« Sie seufzte. »Da haben Frau Wiesel und Sina noch viel zu tun.« Sie warf einen Blick auf die Uhr. »Wollt ihr es kurz mit in die Leseecke nehmen? Ausleihen dürft ihr es leider nicht!«

Lias Augen strahlten, und sie verschwand mit Helge auf die beiden roten Sessel vor dem Fenster. Zunächst blätterten sie etwas wahllos in dem Buch herum. »Manno, das ist in dieser blöden uralten Schrift verfasst, wer soll denn das lesen?«

Helge grinste. »Maybritt!« Er blickte sich nach ihrer Freundin um, aber die war längst in der Jugendbibliothek verschwunden.

»Maybritt?« Lia sah ihren Freund entgeistert an. »Die will doch gar nichts davon wissen! Siehst ja, sie hat sich bereits verkrümelt.«

»Das habe ich gehört«, lachte die und tauchte hinter dem nächsten Bücherständer auf. »Jetzt aber mal im Ernst: Das Buch ist wieder aufgetaucht und war offensichtlich gar nicht weg. Kein Forschungsbedarf also. Ich für meinen Teil bin mit Lesestoff eingedeckt. Noch Fragen?«

»Allerdings.« Lia wandte sich Helge zu. »Warum sollen wir ausgerechnet Maybritt dieses Buch mit dieser eigenartigen Schrift zu lesen geben?«

Ihre Freundin riss es an sich und warf einen Blick auf die ersten Seiten. »Weil es in Frakturschrift geschrieben ist und ausgerechnet ICH das entziffern kann.«

»Frakturschrift?«, fragte Lia. »Was ist denn das?«

»Eine Schriftart, die man früher benutzt hat. Sie ist etwa im 16. Jahrhundert entstanden und wurde bis zum 20. Jahrhundert als häufigste Schrift verwendet.«

»Aha.« Mehr fiel Lia nicht dazu ein. Maybritt wusste einfach immer so seltsame Dinge. Dinge, die sie so gar nicht interessierten.

Ihre Freundin aber war noch nicht fertig. »Und ich schreibe ab und zu in der Schrift, weil es Spaß macht. So richtig mit Feder und Tinte.«

»Dann handelt es sich also wirklich um ein sehr altes Buch«, schloss Lia.

Maybritt zuckte mit den Schultern. »Keine Ahnung, kann sein. Wenn es nicht alt wäre, würde es vermutlich auch nicht dort oben verstauben. Können wir gehen?«

»Warte!« Helge packte sie am Unterarm. »Wirf doch wenigstens einen Blick hinein!«

Maybritt schüttelte entschieden den Kopf. »Ich möchte an den Strand und anschließend meine Thriller lesen. Alles klar?«

Lia zog die Nase kraus, ihr typischer Gesichtsausdruck, wenn sie scharf nachdenken musste. »So kommen wir nicht weiter, Helge. Ich bin nach wie vor fest davon überzeugt, dass jemand auf dem Dachboden war und das Buch zunächst gestohlen hat. Warum auch immer der Dieb es zurückgegeben hat.« Sie machte eine kurze Pause. »Wer war am Morgen im Vossenhus gewesen und hatte die Möglichkeit gehabt, den Band heimlich zurückzulegen?« In Lia wuchs eine Idee, mit der sie sogleich heraussprudelte: »Welche Klassen waren zur Lesung hier?« Noch während sie das fragte, sprang sie auf und hechtete die Treppe hinunter. »Ich rede mit Frau Meyer!« Nach einer Weile kam sie zurück und nickte zufrieden. »Keno war mit seiner Klasse heute auch da.«

»Na und?«, fragte Maybritt. »Was soll das Besonderes bedeuten?«

»Nun, er hat in der Lesenacht das Buch gestohlen und es vorhin unauffällig zurück in das Büro von Frau Meyer gelegt. Ganz einfach. Nur warum?«

»Weil er es dringend lesen wollte, natürlich!«, beantwortete Maybritt die Frage.

Die drei hatten gar nicht bemerkt, dass Frau Meyer Lia gefolgt war. »Ich bitte darum, keine voreiligen Beschuldigungen auszusprechen«, sagte sie. »Aber um etwas Gelassenheit in das Thema zu bringen, mache ich euch einen Vorschlag, auch wenn ich es eigentlich gar nicht darf: Lia, du kannst das Buch zwei Tage lang mit nach Hause nehmen und lesen. Dann wisst ihr, worum es sich dreht. Vermutlich ist es nur eine erfundene Geschichte. Ich hoffe, danach ist hier endlich wieder Ruhe in der Bibliothek!«

»Au fein«, jubelte Lia.

Helge blickte etwas skeptisch. »Na, da wünsche ich dir viel Spaß bei der Erlernung der Frakturschrift! Ich gehe doch lieber mit Maybritt an den Strand.«

Die sagte gar nichts und musterte ihre Freundin, die mit hochroten Wangen in dem Buch blätterte, mit bitterbösem Blick.

Lia ignorierte das und sah nach draußen. Der Regen hatte aufgehört, nun zeigte sich sogar die Sonne am Himmel. Dennoch war ihr das ziemlich schnurzegal. Sie hatte bekommen, was sie wollte, und sie würde herausfinden, was es Besonderes mit diesem Buch auf sich hatte. Es brannte ja schon förmlich zwischen ihren Fingern.

3. Kapitel

Lia schenkte sich ein Glas Wasser ein, durchwühlte die Schublade nach einer Tafel Schokolade und fläzte sich anschließend aufs Bett. Sie stopfte sich das Kissen in den Rücken und nahm das Buch in die Hand. Es roch ein bisschen muffig.

Zunächst machte sie es wie Frau Meyer und fuhr mit dem Finger langsam über den Einband. Es fühlte sich merkwürdig an, und fast glaubte Lia ein Brennen an der Fingerkuppe zu spüren. Anschließend schlug sie es auf und ließ die verschnörkelten Buchstaben auf sich wirken. Die Seiten wirkten vergilbt und brüchig, sie knisterten beim Umblättern.

Das ganze Buch war in jener eigenartigen Schrift verfasst. Frakturschrift, hatte Maybritt gesagt. Die beiden Jays, also Tante Julia und Onkel Jürgen, bei denen sie nach dem Tod ihrer Eltern lebte, besaßen ein uraltes Gesangbuch, das ebenso geschrieben war. Es wäre doch gelacht, wenn sie sich da nicht durchwühlen könnte. Es dauerte eben nur ein bisschen länger als sonst, wo sie ein Buch in wenigen Stunden verschlang.

Das alte Schmugglerbuch, lautete der Titel. Lia begann die erste Seite zu lesen. Die folgenden Sätze bereiteten ihr Schwierigkeiten, aber danach lief es wie von allein.

Norden, 1809
Es war an der Zeit, dass sich etwas tat. Hein und Frerk mussten ihre Familien weiterhin versorgen und ernähren können,

und das war mit dem schmalen Erlös eines Fischers unmöglich. Vor allem, wo die Holländer ihren Daumen auf sämtlichen Geschäften hatten.

Es war gerade dunkel geworden, als sie sich, ganz in Schwarz gekleidet, zum Norder Sielhafen aufmachten. Ihre Fingernägel waren verdreckt, ihre Gesichter rußgeschwärzt. Nur so konnte man sie im hellen Mondlicht nicht erkennen. Ständig hielten sie inne, lauschten in die Nacht, ob irgendwo ein Ast knackte oder menschlicher Atem zu vernehmen war. Ihr Unterfangen war gefährlich, denn überall befand sich der Feind. Holländer, die nur darauf warteten, die Schmuggler dingfest zu machen.

Frerk und Hein hatten sich zwei Verstecke für ihre Boote ausgesucht. Nicht immer war es möglich, vom Hafen aus in See zu stechen. Aber ihnen blieb keine Wahl.

Einen Kahn hatten sie am Strand versteckt, der zweite lag am Sielhafen, doch der wurde stark bewacht, denn nicht nur sie trieben Handel mit den Engländern. Es war nicht ungefährlich, nachts in Richtung Helgoland zu fahren. Der Ebbstrom nahm die kleinen Boote mit sich. Wenn sie weit genug von der Küste entfernt waren und von den Holländern nicht mehr entdeckt werden konnten, hissten sie die löchrigen Segel. Es geschah ständig, dass eines der Schiffe nicht in den heimischen Hafen zurückehrte, ein Unglück, das Leid und Armut in die Norder Familien brachte. »Wie gewonnen so zerronnen«, war ein beliebter Spruch in den guten Stuben.

Lia hielt inne und legte das Buch beiseite. Klang ja alles interessant, doch es war eine der üblichen Seefahrergeschichten, wie man sie zuhauf an der Küste kannte. Ihre Lehrerin hatte in der Schule davon erzählt. Es gab eine

Zeit in Norden oder besser, in ganz Ostfriesland, wo die Bevölkerung wie verrückt geschmuggelt hatte. Keno hatte Ähnliches erwähnt.

Aber das alles war so lange her, und warum sollte sich jemand für eine dieser Geschichten derart interessieren, dass er dafür in einer Nacht- und Nebelaktion auf den Dachboden des Vossenhuses kletterte und Gefahr lief, dabei entdeckt zu werden?

Lia betrachtete den Einband erneut, schlug das Buch unschlüssig wieder auf. Die ersten Seiten fehlten, auch das hatte Frau Meyer erwähnt. Besonders wertvoll schien der Band wirklich nicht zu sein. Sicherlich waren nur vollständig erhaltene Bücher von Belang. War sie doch einem Irrtum erlegen und Maybritt hatte recht?

Lia seufzte. »Ich lese noch ein bisschen. Vielleicht komme ich der Sache ja auf die Spur.« Sie blätterte weiter zu der Stelle, wo sie eben aufgehört hatte.

Die Überfahrt ging bei dem günstigen Wind recht schnell und kaum waren die Männer auf Helgoland angekommen, suchten sie die Engländer auf. Der Kauf von Kaffee, Tee und Stoffen war rasch erledigt. Oft tauschten sie die Waren gegen Lebensmittel. Heute aber war alles anders, heute würden sie etwas ganz Besonderes in Empfang nehmen. Dieses Mal ging es nicht um einfache Metallwaren oder ausreichend Kaffee. Der Engländer kam von einer Kolonialreise zurück und hatte wertvolles Gut geladen, das er an den Holländern vorbeischmuggeln musste. »Ich sage euch: Bald übernimmt hier der Franzose das Zepter, und dann habt ihr Ostfriesen gar nichts mehr zu lachen. Ich verlange, dass ihr mit eurem Leben für das sichere Eintreffen sorgt. Und es wird eine zweite Fuhre geben. Ich brauche zuverlässige Leute. Diese Fracht ist für meine Liebste und darf den Feinden keineswegs in die Hände fallen. Seid ihr dabei?«

Es klingelte an der Haustür. Lia versteckte das Buch rasch unter der Decke und eilte zur Tür.

»Kommst du jetzt mit zum Strand?«, fragte Helge, und Maybritt fügte hinzu: »Ganz viel besser wird das Wetter in den nächsten Tagen nicht. Ich habe einfach keine Lust, drinnen zu hocken. Wir wollen unsere Lenkdrachen steigen lassen, ist jetzt der richtige Wind dafür.«

Lia schüttelte den Kopf. »Ich lese gerade das verschwundene Buch …«

»… das ja nun wieder aufgetaucht und keinesfalls mehr verschwunden ist und dem nichts Mystisches anhaftet«, vollendete Maybritt den Satz. »Wir möchten nach Norddeich. Los jetzt! Zieh dir was an!«

Helge blickte beschwichtigend zu den beiden Mädchen. »Komm bitte mit, Lia! Du kannst die ganze Nacht hindurch lesen. Das tust du doch ohnehin.«

Lia seufzte, griff aber augenblicklich zu ihrer Jacke. »Ihr gebt sowieso nicht auf«, sagte sie, während sie in die Ärmel schlüpfte. Da weder ihre Tante noch ihr Onkel im Haus waren, musste sie sich auch nicht verabschieden. Vermutlich würde sie vor beiden zurück sein. Onkel Jürgen wollte sich morgen wieder auf den Weg nach Afrika zu seinen Forschungen machen, da hatte er viel vorzubereiten. Tante Julia hingegen war in ihrem Labor zwischen den Mikroskopen und weiteren Gerätschaften am glücklichsten. Obwohl sie ihm jetzt sicher zur Hand ging. Sie arbeiteten zusammen in einem Institut, das sich mit Küstenforschung und anderen Dingen beschäftigte. So genau kannte Lia sich da nicht aus.

Sie schnappte sich ihr Fahrrad, das wie immer nachlässig an den Zaun gelehnt stand. Der Wind hatte aufgefrischt, die Kinder strampelten ordentlich dagegen an. »Worum geht es denn in dem seltsamen Buch?«, fragte Helge. Er hatte sich weit über seinen Lenker gebeugt und hörte sich schon ziemlich kurzatmig an.

Lia hatte die ganze Zeit darauf gewartet, dass er diese Frage endlich stellte. »Um Seefahrt und Schmuggel.«

»Ach, das Übliche«, winkte ihr Freund enttäuscht ab. »Ist also nicht der Rede wert.«

»Nein, eben, was man so kennt. Gibt so viele Geschichten darüber. Ich glaube, ihr hattet recht.« Da Lia die Story in der Tat nicht sonderlich spannend fand, wollte sie das Thema nicht vertiefen. Ihr war es allerdings unangenehm, das zuzugeben. Sie gab sich lässig. »Morgen bringe ich Frau Meyer das Buch zurück. Ab Freitag sind Osterferien, da möchte ich lieber andere Sachen lesen.«

Sie radelten weiter in Richtung Norddeich, kämpften mit dem Wind und vergaßen das Thema. Plötzlich aber stoppte Lia abrupt. Beinahe hätten Helge und Maybritt sie gerammt. »Was soll denn der Mist?«, stieß ihre Freundin aus.

»Da war Keno!«

»Da war Keno!«, äffte Maybritt Lia nach. »Welch Ausnahmezustand! Dafür muss man eine lebensgefährliche Bremsung machen! Klar!«

»Ne, nicht klar. Aber wisst ihr was? Ich will ihn fragen, warum er sich bei der Führung ausgerechnet für dieses

Buch interessiert hat. Eben gerade weil es nicht spannend, sondern eher langweilig ist.«

Nun wurde auch Helge ärgerlich. »Lia, das Buch ist wieder da, vielleicht war es überhaupt nicht verschwunden. Vermutlich hat Frau Wiesel es nur verlegt. Vergiss es jetzt – oder dreh um und lass uns zufrieden!«

Lia blickte ihre Freunde an. »Okay«, sagte sie und drehte das Fahrrad in die entgegengesetzte Richtung. »Ich fahre sowieso lieber mit Rückenwind!« Sie radelte los, ohne sich noch einmal umzublicken.

Keno war schon ziemlich weit weg, sie musste mächtig in die Pedale treten, wenn sie ihn einholen wollte. Eine Stimme in ihr flüsterte unentwegt, dass mit diesem Jungen etwas nicht stimmte und dass das mit der Lesenacht im Vossenhus zu tun hatte. Und sie würde herausfinden, was es war. Dagegen konnten sich Helge und Maybritt ihretwegen sträuben. Sie tat, was ihr beliebte.

4. Kapitel

Keno fuhr auf den Norder Marktplatz zu und hielt Kurs auf die Stadtbibliothek. Er umrundete die Ludgerikirche und stellte das Rad schließlich im Fahrradständer an der Bücherei ab. Lia hatte immer so viel Abstand gehalten, dass sie ihn nicht aus den Augen verlor. Er sollte die Verfolgung nicht bemerken. In der Bibliothek selbst konnte sie ihm ohne Scheu gegenübertreten.

»Na Lia, schon wieder da?«, fragte Frau Meyer, als sie völlig zerzaust eintrat.

Lia nickte. »Ich habe Lust, noch ein wenig zu schmökern. Nur das eine Buch reicht ja nicht.«

»Zwei Tage!«, warnte Frau Meyer sie. »Du hast nur zwei Tage! Dann brauche ich es zurück. Es ist nämlich nicht erlaubt, dass ich diese Bücher mit nach Hause gebe. Ich habe es auch nur deshalb getan, weil es kein besonders wertvoller Band ist.« Sie zwinkerte Lia zu. »Und erzähle es besser nicht herum.«

Lia hob den Daumen, stammelte ein glückliches »Ist doch Ehrensache!« und stürmte die Treppen hinauf. Keno fixierte die Dachbodentreppe. Er wirkte ein wenig entrückt.

»Hallo!«, stieß Lia ihn freundlich in die Seite. »Überlegst du auch noch, ob am Samstag jemand dort oben war?«

Der Junge zuckte überrascht zusammen, er schien Lia nicht kommen gehört zu haben. »Äh, ja … nein. Ich habe nur nachgedacht, was ich jetzt lesen möchte, weißt du?«

»Was hältst du von einem Buch über Schätze, Schmuggel und Seefahrt?«

Keno musterte Lia mit einem eigentümlichen Blick. »Ich weiß nicht, wovon du redest und warum ich ausgerechnet so etwas lesen soll«, wich er aus. »Eigentlich mag ich nämlich viel lieber Fantasy.«

»Und weshalb hast du dir das Buch auf dem Dachboden so intensiv angesehen? Was ist daran so wertvoll?«

Keno blickte sich um, ob auch keiner in der Nähe war und ihr Gespräch belauschte. Seine Hände zitterten, er war plötzlich ziemlich blass. »Komm!« Er winkte Lia, und sie folgte ihm zu dem Sofa unterm Fenster. Glücklicherweise war in der Bibliothek nicht viel los, sodass sie ungestört waren. Lia sah Keno abwartend an.

»In diesem Buch geht es um eine wertvolle Fracht und zwei Männer aus Norden. Es spielt so um 1800.«

Lia lachte auf. »Das also ist die Story, habe ich selbst schon gelesen. Dieser Hein und sein Kumpan schmuggeln von Helgoland etwas Kostbares. Das Übliche!« Sie hätte auf Helge und Maybritt hören sollen. Doch dann stutzte sie, denn Kenos Unterlippe zitterte, als wolle er gleich losheulen.

»Das ist die Geschichte, ja. Ich kenne sie leider noch nicht ganz, weiß nur das, was ich dir eben gesagt habe. Aber sie stimmt. Sie ist wahr. Und seitdem geistern Heins und Frerks Seelen durch Norden. Sie müssen vermeiden, dass ihnen jemand auf die Schliche kommt und den Schatz raubt.«

»Du spinnst doch!«, lachte Lia. Es klang unecht, denn in Wahrheit faszinierte sie der Gedanke. »Gespenster gibt es nicht und schon gar keine, die in alten Büchern ihr Unwesen treiben und nun in der Gegenwart auftauchen. Wer hat dir diesen Floh eigentlich ins Ohr gesetzt?«

Keno schluckte, beantwortete ihre letzte Frage allerdings nicht. »Hab ich mir ja gleich gedacht, dass du mir nicht glaubst. Warum erzähle ich dir das überhaupt?«

»Warst du in der Nacht auf dem Dachboden?«, fragte Lia.

Keno schüttelte heftig den Kopf. »Nein, aber es muss jemand dort gewesen sein, weil das Buch fort war. Ich hatte es nicht.« Seine Stimme senkte sich. »Es geht ganz sicher um den Schatz. Er ist irgendwo in Norden versteckt, und niemand weiß wo. Nur, dass er unglaublich wertvoll sein soll. Ich möchte die Geschichte zu Ende lesen, vielleicht finde ich ihn dann!« Er zögerte. »Falls mir Hein und Frerk bis dahin nichts angetan haben.«

Lia zog die Brauen hoch. »Klingt alles etwas merkwürdig. Merkst du selbst, oder?«

»Ich möchte das Buch so gern ganz lesen. Ich glaube, ich werde die Hinweise finden, die zum Schatz führen. Dann werde ich berühmt! Es ist ziemlich gefährlich.«

»Kombiniere: Du hast es noch nicht gelesen«, stellte Lia abschließend und mit einer gewissen Befriedigung fest, denn sie war Keno gegenüber eindeutig im Vorteil. Immerhin hatte sie die ersten beiden Kapitel bereits durch.

Keno schüttelte den Kopf. »Ich hätte es gern getan, aber ich durfte es nicht ausleihen, und in der kurzen Zeit, die wir oben waren, konnte ich nur einen Blick auf den Beginn werfen. Ich weiß dennoch, worum es geht. Nun hast du das Buch. Dabei habe ich die größeren Rechte, Einblick zu erhalten.«

Lia packte Keno am Arm. »Warum denn das?«

»Weil der Engländer mein Opa ist. Oder besser, einer meiner Uropas, der wievielte kann ich nicht sagen. Es hängen jedoch schon ein paar ›Ur's‹ davor. Ich bin sein Ahne, und mir steht das wertvolle Schmugglergut zu. Es war ein Geschenk an meine Urgroßmutter mit ebenso vielen ›Ur's‹. Um das Geheimnis zu lüften, muss ich es lesen und den Kontakt zu meinem Urgroßvater halten.«

»Du hast sie doch nicht mehr alle!«, stieß Lia aus. »Dein Urahn. Ein Urgroßvater mit noch mehr ›Ur's‹. Ich fasse es nicht. Woher hast du deine Weisheiten eigentlich?«

»Ich weiß es eben«, bekräftigte Keno. »Ich habe es gehört.«

Lia blickte ihn belustigt an. Er war drei Jahre jünger als sie und drückte sich gewählt aus wie ein Professor. Aber es war unübersehbar, dass der Knirps von seiner Aussage überzeugt war.

»Dann warst du also doch in der Nacht auf dem Dachboden und hast das Buch mitgehen lassen«, hakte Lia nach. Sie glaubte nicht an seine Unschuld. »Anschließend hast du Schiss bekommen und es zurück zu Frau Meyer ins Büro gelegt. Du warst mit deiner Klasse heute bei der Autorenlesung und hattest durchaus die Möglichkeit dazu.«

Keno schnaufte wütend auf. »Eben nicht. Ich war nicht oben. Aber auch du hast die Schritte gehört. Und es ist niemand, wirklich niemand, von dort heruntergekommen. Das hätte ich gesehen! Ich habe nämlich im Gegensatz zu euch Schnarchnasen kein Auge zugemacht.«

Lia sah Keno zweifelnd an. Vermutlich war er doch eingenickt und hatte es nur nicht bemerkt.

»Wer soll es denn gewesen sein? Hein und Frerk etwa? Weil sie auf ihren Schatz achtgeben, während wir unsere Lesenacht veranstalten?«

Keno nickte. »Es waren ihre Schritte, ganz bestimmt! Sie bewachen das Buch mit den Informationen. Darin steht geschrieben, wie man zum Schatz gelangt. Sie passen auf, dass keiner es liest. Sie werden erst Ruhe geben, wenn das Buch sicher im Regal verstaut ist. Weil Frau Wiesel und Sina den Gründungsbestand nun ordnen, sind die beiden aufgeschreckt worden. Darum ist es all die Jahre ruhig geblieben ...«

»... sagte der Geisterforscher Keno«, unterbrach Lia ihn. »Merkst du gar nicht, was für ein dummes Zeug du da erzählst? Der Schatz wäre doch längst aufgetaucht. Immerhin haben sie das Vossenhus mal vollständig renoviert!«

»In dem Fall würden Hein und Frerk nicht mehr leben«, beharrte Keno. »Sie wären so richtig tot. Weg von der Erde, keine Geister. Wenn ich mein Eigentum gefunden habe, gibt es die beiden nur noch auf dem Papier in diesem Band, nicht aber als leibhaftige Gespenster. Das Buch ist verwunschen, weil die Sache mit dem Schatz nie abgeschlossen wurde. So ist das ja immer mit den Geistwesen. Sie finden keine Ruhe. Hein und Frerk wollen diese Ruhe nicht einmal. Sie mögen ihr Erdendasein. Nur der Engländer will nicht mehr.«

»Den gibt es also auch?«, lachte Lia. Eine solch durchgeknallte Geschichte hatte sie noch nie gehört. »Was ist denn das überhaupt für ein Schatz? Diese Fracht für die Liebste des Engländers?«

Keno zuckte mit den Schultern. »Dazu müsste ich das Buch lesen, dann kann ich es dir genauer sagen. Ich glaube aber schon.«

In Lias Kopf arbeitete es. »Ich fasse es mal zusammen: Du behauptest also, dieser Engländer, der Hein und Frerk mit der Verschiffung der Ladung beauftragt hat, ist dein Urgroßvater, die vielen ›Ur's‹ lasse ich mal weg. Und die beiden Schmuggler steigen ständig aus dem Buch, weil sie die Fracht, die sehr wertvoll und vermutlich ein Schatz ist, bewachen müssen?«

»So wird es erzählt.«

»Es«, grinste Lia. »Mir ist die Story neu, aber gut. Heißt das denn auch, Hein und Frerk werden heute Nacht bei mir durchs Zimmer geistern und versuchen, mir das Buch zu entreißen? Na super!«

»Das würde es heißen«, bestätigte Keno ungerührt. »Gib es mir, und dir kann nichts passieren. Ich werde von meinem Urgroßvater beschützt.«

»Blödsinn. In den vielen Jahren hätte er sein Eigentum bestimmt schon längst aufgetrieben«, lachte Lia, doch es klang unecht. »Die Kerle werden mich schon in Ruhe lassen.« Sie tat cool, aber in ihr machte sich eine unbestimmte Furcht breit. Was war, wenn Keno recht hatte? In der Nacht war nachweislich jemand auf dem Dachboden gewesen und hatte *Das alte Schmugglerbuch* gestohlen. Es war keiner von oben heruntergekommen. Gab es so etwas wie Geister, die ruhelos ihr Unwesen trieben, wirklich? »Als Nächstes kommst du auch noch mit Helges Idee, dass Vossi Fuchs da oben war, um nach dem Rechten zu sehen«, schlug sie Keno schließlich vor. Aber das tat Lia nur, um sich selbst zu beruhigen.

Keno ignorierte ihren Einwand, erhob sich und stand nun mit vor der Brust verschränkten Armen vor ihr. Trotz seiner elf Jahre wirkte er auf Lia plötzlich ungeheuer erwachsen. »Gib es raus, Lia! Bitte! Ich glaube, du begibst dich auch in Gefahr, wenn du es behältst. Ich sage das nicht zum Spaß.«

Noch während Lia überlegte, was sie tun sollte, war Frau Wiesel hinter sie getreten. »Na, ihr beiden? Womit vertreibt ihr euch denn die Zeit? Hat die Lesenacht nicht ausgereicht zum Schmökern?«

Keno und Lia fuhren wie ertappt zusammen. Was hatte Frau Wiesel von ihrem Gespräch mitbekommen? »Ja, wir überlegen gerade gemeinsam, was sich Keno ausleihen könnte. Ich habe ihm *Die Schatzinsel* vorgeschlagen. Das habe ich nämlich eben durch. Ist mal etwas anderes!«

Frau Wiesel lächelte. »Stimmt, ein so altes Buch und noch immer beliebt.« Sie holte drei weitere Titel, die sie Keno zeigte. »Das sind auch tolle Abenteuerbücher, wenn du das magst.« Er schnappte sich eins, blickte Lia warnend an und verschwand. Seinem Gesicht nach fühlte er sich ertappt, er hatte eindeutig zu viel verraten.

Frau Wiesel lenkte Lias Aufmerksamkeit von Keno ab, der die Chance nutzte, sich rasch zu verdrücken. »Und für dich haben wir gerade ganz neue Mädchenschmöker reinbekommen. Was willst du denn mit den alten Schmuggler- und Schatzgeschichten? Ich hab was mit Mode und Schminken.«

Lia lächelte. »Danke, ich mag einfach lieber Abenteuer- und Detektivgeschichten. Das finde ich spannender als den Mädchenkram.«

»Schön, wenn Kinder so viel lesen!«, sagte Frau Wiesel. »Holt euch nachher als Lohn doch ein Vossi-Lesezeichen ab!«

Lia lächelte. Das Herausgeben eines Lesezeichens war die höchste Form der Anerkennung, die Frau Wiesel den Kindern zuteilwerden ließ. Die winkte Lia zum Abschied hektisch zu und huschte um die Ecke.

Keno blieb verschwunden. Lia fand das schade, sie hätte ihn gern gefragt, woher er all sein Wissen hatte.

5. Kapitel

Lia schnappte sich ihr Rad und raste nach Hause. Dort schmierte sie sich zunächst eine dicke Stulle und griff erneut zu dem Buch. Darin sollten sich also Hinweise darauf befinden, wo in Norden ein Schatz versteckt war. Klang eigentlich nach einem ganz außergewöhnlichen Abenteuer. Lia sah sich schon mit dem Spaten in der Hand. Sie schlug ihn in die Erde, grub tiefer und tiefer, bis sie sich schließlich zu der großen Holzkiste vorgearbeitet hatte. Was für ein Moment, wenn sie den Deckel aufschlug und ihr Goldtaler, silberner Schmuck und Diamanten entgegenfielen! Lia seufzte vor Wohlbehagen.

»Erst die Arbeit, dann das Vergnügen«, sagte sie zu sich selbst. »Ich muss den Schinken zunächst durchforsten und verstehen.«

Sie schlug die Stelle auf, an der sie zu lesen aufgehört hatte. Doch es gelang ihr nicht, sich auf die Buchstaben zu konzentrieren. Sie verschwammen ständig vor ihren Augen. Jedes Mal, wenn sie umblätterte, klopfte ihr Herz unwillkürlich schneller. Mittlerweile dämmerte es, und sie machte das Licht an.

Es war still im Haus. So verdammt still. Irgendwie unheimlich. Bangemachen gilt nicht, dachte Lia. Ich lasse mir von einem Knirps doch nicht einreden, dass es gefährlich ist, ein Buch zu lesen. Sie blätterte die nächste Seite auf.

Die beiden Männer befanden sich jetzt auf hoher See und gerieten in einen Sturm. Sie hatten Mühe, nicht von den gewaltigen Wellen über Bord gespült zu werden. Frerks Hände waren bereits blutig, weil er sich so fest an die Reling klammerte.

Plötzlich flackerte die Lampe. Lia sah auf, alles war wie immer. Sie tauchte ihre Augen wieder ins Buch. Kaum hatte sie jedoch wenige Zeilen gelesen, begann das Zucken des Lichtes erneut. Es blitzte ein paarmal auf, einen Augenblick danach knallte es und der Raum lag im Dunkeln. Lia hielt die Luft an. Nichts weiter war zu hören. Aber waren da nicht Schritte im Flur? Knarrte die Tür? Das konnte nicht sein, das durfte nicht sein! Sie warf das Buch in die Ecke und zog sich die Decke über den Kopf.

Etwa eine Stunde später kamen die beiden Jays nach Hause. »Lia! Bist du da?« Die Lichtschalter knackten, doch es tat sich nichts. Onkel Jürgen fluchte, und Lia hörte die Haustür. Kurz darauf sprang zumindest im Flur das Licht an. »Lia?«, rief nun auch Tante Julia. »Wo bist du?«

»Hier, in meinem Zimmer!«

Ihre Tante steckte den Kopf zur Tür herein. Sie drückte den Schalter, aber nichts geschah. »Was ist passiert? Warum geht deine Lampe nicht?«

Lia zuckte mit den Schultern. »War plötzlich aus. Was war das?«

»Hast du dich erschrocken, als es dunkel wurde?« Tante Julias Stimme klang mitleidig. »Deine Birne ist bestimmt durchgebrannt, und dabei ist die Sicherung herausgesprungen.« Sie wandte sich um. »Jürgen, kannst du bitte Lias Lampe in Ordnung bringen?«

Kurze Zeit später erhellte sich das Zimmer. »Dann war das nichts Außergewöhnliches?«, fragte Lia.

Tante Julia lachte. »Nein, das passiert einfach mal. Oder hast du geglaubt, bei uns wohnen neuerdings Geister?«

Lia schüttelte den Kopf. »Natürlich nicht. Wo denkst du hin.« Im Stillen aber dachte sie: Genau das hatte ich vermutet. Wie idiotisch.

»Kommst du bitte essen, Lia? Wir haben etwas Wichtiges mit dir zu besprechen.«

Lia runzelte die Stirn. Wenn Tante Julia so förmlich wurde, hatte das meist nichts Gutes zu bedeuten. Nur widerwillig ging sie in die Küche, wo ihre Tante den Tisch bereits gedeckt hatte.

»Setz dich!«, forderte Onkel Jürgen sie auf. »Es gibt Neuigkeiten, und wir sind nicht sicher, ob wir dir das schon zumuten können.«

Lia sah die beiden Jays fragend an. Sie wirkten unglaublich geheimnisvoll. »Was wollt ihr mir nicht zumuten?«

»Ich habe kurzfristig ein wundervolles Angebot bekommen, und ich würde das gern annehmen«, druckste Tante Julia herum.

»Nun sag schon!«, forderte Lia sie auf. »Ich glaube, ich ahne es!«

»Ich soll mit nach Afrika fliegen!«

»Nun, wir müssten erst noch die Voraussetzungen schaffen, es ist nicht endgültig geklärt«, hob Onkel Jürgen an. »Wir dachten, Tant' Greta könnte auf dich achtgeben. Es sind auch nur drei Wochen.«

Lia überlegte kurz. Der Brüller war es nicht, bei Tant' Greta zu sein, aber es würde ihr ungeahnte Freiheiten bescheren. Denn ihre alte Nachbarin war sicher leicht zu überlisten, wenn sie etwas erforschen wollte. Drei

Wochen Ferien ohne die Jays. Das klang verlockend. »Ihr könnt euch auf mich verlassen, und ich bleibe alleine gern hier. Ich weiß ja, wie wichtig das für Tante Julia ist«, sagte sie scheinheilig.

»Du hast dich aber eben wegen des Lichts schon so gefürchtet. Vielleicht geht es doch noch nicht.«

»Kein Problem, ich war nur erschrocken und bin dann eingeschlafen. Ich habe mich nicht gegruselt. Ihr macht euch unnütze Gedanken! Drei Wochen sind so schnell um, das wird ein Klacks!«

»Also keine Verbrecherjagd?«, hakte Onkel Jürgen nach.

Lia wurde abwechselnd heiß und kalt. Sie verschränkte Zeige- und Mittelfinger miteinander. Sicher war sicher. »Keine Verbrecherjagd«, wiederholte sie. Ich jage nur Geister, suche einen Schatz und kämpfe mit verwunschenen Büchern, fügte sie in Gedanken hinzu.

Die Jays machten von der Sekunde an einen entspannten Eindruck. Sie hatten sich diese Antwort erhofft und wollten sie gern glauben. »Wir fragen Tant' Greta, und wenn sie keine Einwände hat, fahren wir.«

»Wann soll es genau losgehen?«, fragte Lia.

Nun drucksten die beiden Jays herum. »Morgen Nachmittag, gleich nachdem du aus der Schule zurück bist.«

Über Lias Gesicht huschte ein zufriedenes Grinsen.

Nach dem Abendbrot griff Lia noch einmal zum Schmugglerbuch. Sie las weiter, doch so richtig konnte sie der Geschichte nichts abgewinnen. Das Schiff der beiden Männer wurde auch von Seeräubern angegriffen, es fand ein erbitterter Kampf zwischen Gut und Böse statt. Was genau an dem Buch unheimlich oder mysteriös sein sollte, erschloss sich Lia nicht. Von einem Schatz war ebenfalls keine Rede und von einer Schatzkarte schon gar nicht.

Mittlerweile war Lia in der Lage, über ihre große Furcht zu lachen, obwohl sie sich so wegen der defekten Glühbirne geängstigt hatte. Ab morgen würde sie allein im Haus sein, nur durch ein Funkgerät mit Tant' Greta verbunden. Die hatte freudestrahlend zugesagt, auf Lia achtzugeben, vor allem deshalb, weil sie in der Zeit nicht mehr nur für sich kochen musste, sondern sich an Gesellschaft erfreuen konnte. Ihr Essen war wirklich stets wunderbar und allemal besser als die ewigen Fertigpizzen. Denn Tante Julia schaffte es häufig nicht, etwas Frisches zuzubereiten.

Lia wurde müde, legte das Buch auf den Nachtschrank und schlief augenblicklich fest ein. Doch nach einer Weile schreckte sie hoch und lauschte in die Dunkelheit. Etwas stimmte nicht. Ganz und gar nicht. Ein Auto fuhr am Haus vorbei, anschließend hörte sie Schritte. Schnelle Schritte, fast ein Rennen. Danach war es still. Lia schloss die Augen. Sie machte sich wirklich selbst verrückt. Das war unnötig! Es gab Frerk und Hein nicht!

Im Traum suchten die beiden sie dennoch heim. Sie sah das Meer und die hohen Wellen, erblickte die blutige Hand Frerks an der Reling. Er kratzte am Metall, schabte mit den Füßen über die Planken. Ein Luftstrom streifte Lias Gesicht. Wassertropfen schlugen auf ihre Haut. Sie fror.

Lia tastete ihre Wangen ab. Es war kühl im Zimmer. Das hier war kein Traum. Die Kälte war real. Sie wagte kaum, ihre Augen zu öffnen. Vorsichtig schob Lia die Decke zurück, linste darunter hervor. Der Schrank hob sich gespenstisch von der Wand ab, ihr Schreibtisch wurde vom Licht der Straßenlaterne angestrahlt. Warum aber war ihr so kalt? Sie schälte sich noch ein Stück frei. Die Gardine wackelte im Zug des Abendwindes hin und her. Sie hatte vergessen das Fenster zu schließen, es stand auf Kippe. Lia war allein in ihrem Zimmer, dennoch spürte sie, dass es nicht so war. Nur zu sehen war niemand. Sie versuchte, sich weiter zu orientieren, Traum und Wirklichkeit voneinander zu unterscheiden; es gelang ihr nur schwer.

Immer wieder sah sie Frerks blutige Hände, wie sie sich verzweifelt an die Reling klammerten. Vor ihren Augen tanzte Hein, der sich mit einem Tau am Mast festgebunden hatte und vor Angst schrie, als eine Woge das Boot traf. Alles war so wirklich, als wäre Lia dabei gewesen. Und dass, obwohl sie das Buch doch ziemlich gelangweilt hatte.

Es schabte, und dieses Mal glaubte Lia, es komme vom Fenster her. Um nichts in der Welt hätte sie es jetzt gewagt, das schützende Bett zu verlassen. Vielleicht stand jemand draußen? Nein, nicht jemand. Frerk und Hein. Warum sonst spürte sie alles so nah? Wie von einer bleiernen Hand umklammert lag Lia unter ihrer Decke. Sie wagte kaum zu atmen, versteckte sich schließlich wieder ganz. Sie war weiß Gott kein Hasenfuß, und sie hatte schon viel Mut in den unterschiedlichsten Situationen bewiesen, doch jetzt traute sie sich nicht einmal zu bewegen. Gespenster und aus dem Buch entstiegene Gestalten, die einen Schatz bewachten, waren unberechenbar und ein anderes Kaliber als Verbrecher. Die Geräusche dauerten noch eine Weile an, dann verstummten sie, und Lia fiel in einen traumlosen Schlaf.

6. Kapitel

Am nächsten Morgen kam Lia alles vor wie ein böser Traum. Es war unmöglich, dass in der Nacht jemand in ihrem Zimmer gewesen war. Wie, bitte schön, hätte derjenige hineinkommen sollen? Sie schlug das Deckbett vollständig zurück und setzte sich auf. Als Erstes suchte Lia das Buch, das sie gestern Abend auf den Nachtschrank gelegt hatte. Sie wandte ihren Blick dorthin. Da lag nichts. Gar nichts. Es war tatsächlich weg. Wie der Blitz schnellte Lia aus dem Bett und stürzte in den Flur. Sie rüttelte an der Haustür. Doch die war fest verriegelt. Dann stürmte sie zum Hintereingang, der in den Garten führte, aber auch hier war die Tür abgesperrt.

»Tante Julia!«, rief Lia.

Die sah verschlafen aus dem Zimmer und warf einen Blick auf die Uhr. »Du musst noch nicht aufstehen. Bist eine halbe Stunde zu früh. Leg dich bitte wieder ins Bett!« Sie machte auf dem Absatz kehrt und verschwand. Die Tür verschloss sie nachdrücklich.

Lia aber ging in die Küche. Sie suchte den Tisch und die Anrichte nach dem Buch ab. Danach durchwühlte sie das Wohnzimmer. Es gab nur eine einzige Erklärung: Einer der beiden Jays hatte es ausgeliehen und selbst darin geblättert. Da es auch hier nirgendwo zu finden war, hatten sie es bestimmt mit in ihr Schlafzimmer genommen. Plötzlich fuhr Lia herum. Hinter ihr ertönte schon wieder ein Geräusch.

»Was tust du da?«, erklang eine dunkle Stimme. Es war Onkel Jürgen.

Lia atmete erleichtert auf. »Ich suche mein Buch, mehr nicht!«

Onkel Jürgen gähnte, und er klang verärgert. »Was für ein Buch? Und warum ist das jetzt zu nachtschlafender Zeit so wichtig? Hast du mal auf die Uhr gesehen?«

Lia nickte nur und wühlte weiter. Sie hatte den Zeitschriftenständer noch nicht durchforstet.

»Lia!«, dröhnte die Stimme ihres Onkels. »Ich habe dich etwas gefragt und erwarte eine Antwort.«

»Ich habe mir aus der Bibliothek ein Buch ausgeliehen, und das ist nun verschwunden. Mehr ist nicht. Aber als ich ins Bett gegangen bin, war es noch da. Ganz sicher! Habt ihr es?«

Onkel Jürgen seufzte. »Vermutlich hast du es verlegt. Das tust du ja öfter. Du mit deiner Unordnung.«

»Hab ich nicht. Ich habe es gestern vor dem Einschlafen auf meinen Nachtschrank gelegt. Und nun ist es verschwunden.«

»Also, Julia und ich haben es nicht genommen, wir lesen keine Kinderbücher.«

Lia schnellte herum. Erst dieser blöde Vorwurf, sie sei sowieso unordentlich, und jetzt machte er eine so abfällige Bemerkung. »Es ist kein Kinderbuch, sondern ein antiquarisches Buch.«

Onkel Jürgen begann schallend zu lachen. »Ein antiquarisches Buch? Seit wann liest du so etwas, und seit wann kann man solche Bücher im Vossenhus ausleihen?«

»Es war eine Ausnahme, und es darf nicht weg sein! Bitte, Onkel Jürgen! Hast du es nicht doch aus meinem Zimmer genommen? Es hat einen blauen Einband, und darauf ist ein Fuchs in einem Kahn abgebildet.«

Lias Onkel schüttelte den Kopf. »Ich habe es nicht und deine Tante ebenfalls nicht. Wir pflegen nachts zu schlafen und nicht zu schmökern, und tätest du das auch, wären deine schulischen Leistungen ganz sicher um etliches besser.«

Wie nervig, dachte Lia. Nun macht er ein Fass nach dem anderen auf! »Es geht doch jetzt nur um das eine Buch. Weißt du wirklich nicht, wohin es verschwunden ist?«

»Ich lege mich noch eine halbe Stunde ins Bett, und genau das würde ich dir auch raten. Ich wiederhole: Ich habe das Buch nicht und Tante Julia auch nicht. Wenn es weg ist, werden wahrscheinlich Geister ihr Unwesen treiben. Eine andere Erklärung gibt es offenbar nicht.« Er lachte spöttisch, ging zurück ins Schlafzimmer und knallte die Tür hinter sich zu.

Lia trottete zurück in ihr Zimmer und legte sich aufs Bett. Warum zum Teufel lag das Buch nicht mehr dort? Der Luftzug, schoss es ihr siedend heiß durch den Kopf. In der Nacht hatte es einen Luftzug gegeben. Er war ihr übers Gesicht gestrichen, und sie hatte unglaublich gefroren.

Weil das Fenster auf Kippe stand, erklärte sie es sich selbst. Aber das eine Mal war ein schabendes Geräusch zu hören gewesen. Kurz darauf hatte die Gardine ein kleines bisschen stärker geweht. Jemand musste durch ihr Zimmer geschlichen sein. Die Jays waren es nicht, also war derjenige heimlich ins Haus eingedrungen. An die Geisterversion glaubte Lia einfach nicht, auch wenn Keno ihr das weismachen wollte. Aber wie war der Einbrecher hineingekommen und vor allem: Woher hatte er Kenntnis, dass ausgerechnet sie das Buch hatte? Wer war es gewesen?

Ihre Gedanken kamen immer wieder bei Keno an. Keno wusste, dass sie das Buch hatte. Frau Meyer auch. Und natürlich Helge und Maybritt. Nur – wie sollten die nachts in ihr Zimmer kommen? »Und wie könnte Keno das geschafft haben?«, fragte Lia sich selbst. Das war genauso unwahrscheinlich. »Auf jeden Fall muss ich es bis morgen zurückhaben«, sagte sie. »Und eines ist klar: Dieses Buch birgt ein Geheimnis oder es ist überaus wertvoll. Sonst würde es mir keiner stehlen.« Lia versuchte die Augen zu schließen und tatsächlich noch etwas Schlaf zu finden, aber es gelang ihr nicht, weil sie viel zu aufgewühlt war.

»Das Buch ist weg«, erklärte sie Maybritt und Helge vor der ersten Stunde. »Es ist einfach in der Nacht aus meinem Zimmer verschwunden, und niemand weiß, wo es abgeblieben ist.« Sie erzählte, was sich zugetragen hatte und wie sie vergeblich versucht hatte, es wieder aufzutreiben.

»Das kann doch gar nicht sein. Dann müsste jemand bei euch eingebrochen sein, und es gibt keine Spuren. Behauptest du jedenfalls.« Helge runzelte die Stirn.

»Es ist weg, wer auch immer es hat«, setzte Lia nach. »Und ich werde es bis morgen finden müssen, sonst bekomme ich mit Frau Meyer gewaltigen Ärger.«

»Hab ja gleich gesagt, du sollst die Finger davon lassen«, brummte Maybritt. »Hat es sich denn wenigstens als interessant herausgestellt oder konntest du die Frakturschrift ohnehin gar nicht lesen?«

»Für wie blöd hältst du mich? Natürlich habe ich das entziffert. Aber ich fand alles nicht besonders fesselnd. Da habe ich andere Bücher erheblich lieber gelesen.«

Es klingelte, und die drei begaben sich in ihre Klasse. Während Herr Schaumburg über die bevorstehende Klassenfahrt referierte, schmiedete Lia einen Plan. Zunächst wollte sie Keno zur Rede stellen. Sie würde ihn ausquetschen, woher er seine Informationen hatte. Weshalb er wusste, dass die Geister dem Band entstiegen waren. Als Zweites galt es herauszufinden, welches Geheimnis das Buch wirklich barg und warum man es für nötig befand, es nachts aus ihrem Zimmer zu stehlen. Standen tatsächlich Hinweise auf einen Schatz darin? Sie würde es herausfinden. Davon ließ sie sich nicht abhalten. Jetzt, wo Tant' Greta auf sie aufpasste, war es erheblich einfacher. Ihr war es lediglich wichtig, dass Lia sich pünktlich zu den Mahlzeiten einfand.

In der nächsten Pause berichtete Lia Helge und Maybritt, was sie plante, hielt aber die ganze Zeit über Ausschau nach Keno, der doch irgendwo stecken musste. Ihre Freunde winkten müde ab. »Lass uns in Ruhe damit. Es ist langweilig«, sagte Helge und erklärte Maybritt ungerührt, wie er den neuen Lenkdrachen aufgepeppt hatte. »Wir hatten nämlich gestern am Strand noch richtig viel Spaß.«

Lia schwieg dazu mit bitterer Miene. Es war mehr als deutlich, wie sehr sie ihren Freunden mit ihrer Abenteuerlust auf den Wecker ging. »Ich werde es locker allein herausfinden, ist vermutlich auch einfacher«, sagte sie schließlich gelangweilt.

»Mach das.« Helge wies mit dem Kopf in Richtung Turnhalle. »Du suchst doch Keno. Da vorne läuft Mirko, das ist sein Busenfreund, soweit ich weiß. Der wird dir bestimmt sagen, wo er ist. Wenn du ihn ausfindig gemacht hast, kannst du dich ja mit dem kleinen Miniknirps auf Gespensterjagd begeben, das ist wirklich nichts für uns. Wir haben schließlich keine Windeln mehr um.«

»Ich auch nicht«, sagte Lia. »Aber dahinter steckt ein ganz großes Ding. Glaube mir: Ich werde es herausfinden!« Sie winkte ihren Freunden und steuerte auf Mirko zu, der allein am Zaun stand und mit der Schuhspitze über den Asphalt schabte. »Weißt du, wo Keno heute ist?«, fragte sie.

»Krank«, antwortete Mirko. »Kommt die Woche nicht wieder. Der spinnt doch sowieso.«

»Warum?«

»Redet nur noch von Geistern und Schätzen und einem geheimnisvollen Buch. Der hat zu viel *Harry Potter* und *Tintenherz* gelesen.«

»Hat er mir auch erzählt«, versuchte Lia Mirko weitere Informationen zu entlocken. »Was sagt er denn genau?«

»Höre ich bei einem solchen Blödsinn hin? Ganz sicher nicht. Was interessieren mich Typen, die vor zweihundert Jahren mal am Start waren und nun längst verrottet sind? Die leben bestimmt nicht in irgendwelchen Schmökern weiter und steigen nach Bedarf daraus hervor! Tintenherz eben.« Er spie auf den Asphalt.

»Da wirst du wohl recht haben«, pflichtete Lia ihm bei. »Was hat er dir von dem Buch erzählt, das er so geheimnisvoll findet? Und hat er dir gesagt, von wem er das alles hat?«

Mirko zuckte mit den Schultern. »Was weiß denn ich? Er faselt nur noch von diesem alten Schmugglerbuch, und er quatscht dauernd von einem Engländer.«

»Einem Engländer?«

Jetzt lachte Mirko auf. »Kennst du den nicht? Der soll dem Buch auch entstiegen sein. Unfassbar. Er ist ein seltsamer Mensch. Geistert seit ein paar Tagen durch Norden und erzählt Schauermärchen.« Sein Lachen wurde hämisch. »Der gehört in die Klapse. Ich hoffe, die cashen ihn bald ab.«

»Hast du mit ihm gesprochen?«

»Ich bin zwar ein bisschen verrückt, aber nicht so durchgeknallt wie Keno. Ich gehe solchen Typen lieber aus dem Weg. Hab doch keine Lust, mir von so einem Irren womöglich ein Messer in den Bauch jagen zu lassen.«

»Ist er denn gefährlich?«, hakte Lia nach. Keno hatte von ihm erzählt, und es schien ihn also tatsächlich zu geben.

»Was weiß ich? Er kommt jedenfalls wie eine Furie hinter irgendeiner Häuserecke hervorgeschossen, greift nach deiner Hand und beginnt daraus zu lesen. Quatscht dich voll über deinen Charakter, was dich im Leben noch erwartet und lauter solchen Mumpitz.« Mirko schüttelte den Kopf. »Ich habe ganz schnell Reißaus genommen. War meine einzige nähere Begegnung mit dem alten Knaben. Das hat mir gereicht.«

»Keno nicht«, sagte Lia wie zu sich selbst. »Keno hat weiter gefragt.«

Mirko nickte bestätigend. »Der war völlig begeistert von dessen Worten, hat ihm echt alles geglaubt. Nur so richtig ist er nicht damit rübergekommen, was der Alte ihm wirklich erzählt hat.«

Ich glaube, ich weiß es, dachte Lia.

»Warum nennst du ihn ›den Engländer‹?«, wollte sie noch von Mirko wissen. »Weil Keno ihn so nennt?«

»Auch. Aber er spricht einen seltsamen Slang und behauptet selbst, einer zu sein. Vermutlich hält er sich tatsächlich für eine Romanfigur. Man sollte diesen Fantasy-Mist verbieten, dann blieben alle auf dem Teppich, glaubten nicht, Figuren aus Büchern würden lebendig oder es gäbe einen neundreiviertel Bahnsteig.«

Lia schwieg, denn sie hielt diese Ideen für überaus gelungen. Sie liebte alle Fantasy-Bücher, jetzt war allerdings nicht der Zeitpunkt, das zu diskutieren. Sie hatte Mirko noch nicht genug aus der Nase gezogen.

»Wo wohnt Keno eigentlich?« Das war ihre letzte Frage, dann wollte sie verschwinden. Mirko behagte ihr mit seinen großspurigen Sprüchen überhaupt nicht. Ihre einzige Möglichkeit, die volle Wahrheit zu erfahren, bestand vermutlich darin, Keno aufzusuchen und nach Details auszufragen.

»Osterstraße«, antwortete Mirko wortkarg. »Das gelbe Haus. Aber hab acht, die Mutter ist echt ein Drachen. Wahrscheinlich direkt den Nibelungen entstiegen.« Damit wandte er sich ab.

7. Kapitel

Der Schulmorgen zog sich für Lia endlos in die Länge. Am liebsten wäre sie gleich zu Keno gefahren, aber sie musste, bevor sie das tat, bei den Jays vorbei und sich verabschieden. Onkel Jürgen war sauer genug, weil sie ihn heute Morgen so früh geweckt hatte. Er war zum Frühstück gar nicht erst erschienen. Da er allerdings nachher in Richtung Afrika flog, bestand er auf einem gebührenden Abschied. Lia legte sich kräftig in die Pedale. Onkel Jürgen öffnete die Tür bereits, als Lia auf die Auffahrt fuhr. Seinem Gesicht nach zu urteilen erwartete Lia kein herzlicher Empfang. »Komm bitte sofort in die Küche«, sagte er sogleich.

»Ich muss mir doch erst Jacke und Schuhe ausziehen«, erklärte Lia. Ihr Herz klopfte zum Zerspringen, als sie Tante Julia und Onkel Jürgen gegenüberstand, die wie zwei Richter auf den Küchenstühlen thronten und sie mit finsterer Miene musterten.

»Was sollte das heute Nacht?«, begann ihre Tante.

»Es war früher Morgen«, berichtigte Lia sie, aber dem Blick nach war es besser zu schweigen.

»Wir sind hart arbeitende Menschen, und wir brauchen unseren Schlaf. Vor allem, wo wir uns auf den Weg nach Namibia machen. Wir müssen uns auf dich verlassen können!« Tante Julia spießte Lia mit ihrem Blick beinahe auf.

»Das könnt ihr ja auch. Aber das Buch ist und bleibt verschwunden. Ich habe keine Wahl, als es bis morgen aufzutreiben. Ich bekomme sonst den größten Ärger!«

»Ich kenne deine Unordnung, dazu hat Onkel Jürgen sich bereits geäußert. Such es unter deinem Klamottenberg, dort wird es ganz sicher wieder auftauchen.«

»Dann ist niemand bei uns eingebrochen?«, fragte Lia vorsichtig. »War ein Fenster oder ein Schloss beschädigt?«

Tante Julia seufzte. »Es geht nicht, Jürgen. Dieses Mädchen hat einfach eine blühende Fantasie. Wir können sie nicht allein lassen. Sie sieht überall nur Verbrecher, und wie du weißt, kreuzen die auch scharenweise ihren Weg. Ich storniere den Flug.« Sie verharrte eine Weile mit ernstem Gesicht, dann wandte sie sich Lia erneut zu. »Oder hast du das absichtlich inszeniert, um mich auf diese Weise zum Bleiben zu bewegen?« Ihre Hand fuhr Lia über den Kopf, ihren Mund zierte der Anflug eines Lächelns. »Wir muten dir damit zu viel zu. Soll ich nicht reisen? Wir haben für dich die Verantwortung, und deine Aktion heute Morgen war ein Hilfeschrei, stimmt's?«

Lia schreckte zusammen. »Nein, Tante Julia, ganz sicher nicht. Bitte fliege! Ihr habt ja recht, bestimmt habe ich das Buch nur verbummelt.«

Tante Julia hatte Tränen in den Augen. »Ich möchte nicht, dass du dich je allein fühlst. Wir arbeiten so viel, doch wir sind stets für dich da, Kleines!«

Lia lächelte tapfer. Sie fühlte sich nicht allein, sie hatte schließlich Großes vor. Es rührte sie, wie besorgt Tante Julia war. Dennoch war es definitiv besser, wenn die beiden Jays in Afrika weilten und ihr nicht in die Quere kamen. »Das weiß ich. Ihr seid immer für mich da. Diese Reise ist sehr wichtig für euch, also bitte fliegt!«

Tante Julia nickte. »Wenn du wirklich kein Problem damit hast.«

Lia umschlang sie mit ihren Armen. »Ich werde euch vermissen, aber ich komme ganz sicher klar. Tant' Greta passt schon auf mich auf.« Sie drückte ihrer Tante einen Kuss auf die Wange.

Plötzlich hatten die beiden Jays es sehr eilig. Tante Julia erklärte Lia, dass das Essen für heute noch auf dem Herd stand, Tant' Greta nachher auf sie wartete und sie bitte daran denken solle, das Babyfon beim Schlafen stets eingeschaltet zu lassen, damit die alte Dame sie auch hören konnte.

Lia nickte und sagte mit einem Seitenblick aus dem Fenster: »Euer Taxi kommt.«

Die beiden griffen hastig nach ihren Koffern und stürzten hinaus. In ein paar Minuten würden sie auf dem Norder Bahnhof den Zug besteigen und von dort zum Frankfurter Flughafen fahren. Drei Wochen lang hatte Lia nun in Ruhe Zeit, dem Geheimnis des Buches auf die Spur zu kommen.

8. Kapitel

Kaum waren die beiden Jays aus der Straße verschwunden, schlang Lia die Frikadellen und den Blumenkohl herunter und stattete Tant' Greta ihren Anstandsbesuch ab. Wenn sie das hinter sich hatte, wäre die alte Dame vorerst zufriedengestellt und würde Lia ihres Weges gehen lassen, Tant' Greta war ein Fan dieser Reality-Gerichtsshows und was da sonst im Fernsehen am Nachmittag gesendet wurde. Dabei wollte sie möglichst ungestört sein.

Sie wohnte gleich nebenan in einem kleinen, niedrig gebauten Bauernhaus. Kaum trat Lia durch die Tür, schlug ihr ein leicht abgestandener Geruch entgegen, unter den sich der von gekochtem Kohl mischte. Überall standen Blumen und Grüngewächse, an denen nicht ein braunes Blatt zu finden war. Den Boden bedeckten große Teppiche, die Fenster schmückten schwere dunkle Vorhänge, und auf den Kommoden befanden sich Bilder ihrer Kinder und Enkel, neben zahlreichen Porzellanfiguren. Eine typische Alte-Oma-Wohnung, genau wie bei Oma Gerda auf Juist. Tant' Greta benahm sich ähnlich wie diese. Es gab nämlich ebenfalls heißen Kakao, und genau wie bei Oma klebte darauf eine Schicht Haut. Vermutlich war es unmöglich für die alten Damen, es ohne hinzubekommen. Anstandshalber ließ Lia es mit einem freundlichen Lächeln über sich ergehen, obwohl sie innerlich angespannt war wie ein Flitzebogen. Sie wollte ganz dringend zu Keno und ihn löchern, was es mit dem Engländer auf sich hatte. Nur jetzt war erst einmal Kekse essen und Small Talk angesagt, um Tant' Greta nicht zu verärgern. Allerdings gestaltete sich das als schwierig, denn die gute Tante trug ihr Hörgerät nicht und verstand kaum etwas von dem, was Lia ihr erzählte. Sie lächelte Lia immer wieder freundlich an und schenkte Kakao nach. »Ich mache nachts das Mikrofon an, dann hörst du mich, wenn ich was möchte«, versprach Lia und fragte sich zugleich, wie Tant' Greta ohne ihr Hörgerät überhaupt einen Ton hören wollte, der leiser als ein Bombeneinschlag war. Da passte es, dass Lia sich sowieso anders entschieden hatte. »Ich komme jeden Morgen zum Frühstück rüber!«

»So machen wir das, mien Deern«, sagte Tant' Greta und legte sich einen Kluntje in die Tasse. »Tee ist das Beste für jede Lebenslage.«

Jetzt war es an Lia zu grinsen. »So ist es! Ich geh los zu einem Freund.« Sie war sich sicher, dass Tant' Greta das nicht gehört hatte, aber sie widersprach nicht, sondern nickte weiterhin rhythmisch mit dem Kopf. Tant' Greta war immer noch ganz klar im Kopf, ohne ihre Hörgeräte verstand sie jedoch schlichtweg nichts von dem, was um sie herum geschah. Manchmal glaubte Lia, Tant' Greta genieße diesen Zustand, denn so hatte sie ihre Ruhe vor all dem, was sie gar nicht wissen wollte. Insgesamt kam ihr das alles sehr entgegen. Mit etwas Glück hinterfragte Tant' Greta nicht allzu viel, wenn es hart auf hart kam. Das konnte Lia nach dem Stand der Dinge nicht mehr ausschließen. Sie würde sich ganz sicher nicht mit laschen Erklärungen zufriedengeben.

»Mach's man gut, mien Deern!« Tant' Greta griff nach der Fernbedienung.

Lia huschte aus dem Haus und schnappte sich ihr Fahrrad.

Kenos Mutter harkte den Weg, als Lia vor dem Garten anhielt. »Hallo, ich wollte Keno besuchen, er ist doch krank?« Lia wurde misstrauisch beäugt. »Ich kenne dich ja gar nicht. Wer bist du?«

»Ich bin Lia. Keno und ich waren zusammen bei der Lesenacht.«

Jetzt huschte ein Lächeln über das Gesicht der Mutter. »Auch so eine Leseratte, na, dann komm mal rein!« Sie öffnete die Gartenpforte und brachte Lia zur Haustür. »Einfach die Treppe rauf und die erste Tür links.«

Keno sah überrascht auf, als Lia eintrat. »Du hier? Gab es Ärger?«

»Hi, ich habe dich in der Schule gesucht. Mirko sagte mir, dass du krank bist und wo du wohnst«, erklärte Lia, und sie kam sich ziemlich dämlich dabei vor, weil sie nur herumstotterte.

»War die Nacht ruhig?« Keno erahnte offenbar sofort, warum Lia ihn tatsächlich aufsuchte.

»Nein, war sie nicht. Irgendwer war in meinem Zimmer. Das Buch ist nämlich weg. Geklaut!«, setzte sie nach.

»Wundert mich nicht. Hab dich ja gewarnt.« Keno wurde von einem Hustenanfall geschüttelt.

»Keno, es gibt keine Geister! In deinem Alter habe ich an einen solchen Humbug vielleicht auch geglaubt, aber es ist einfach Blödsinn. Wer hat Interesse an dem Buch? Von den Lebenden, meine ich!«

Keno lachte auf. »Was weiß denn ich? Vermutlich hat noch jemand Kenntnis von meinem Urgroßvater und dem Schatz.«

»Hast du den Engländer getroffen und deine Weisheiten von ihm?«, versuchte Lia, das Gespräch in die richtige Richtung zu lenken. Keno war ihr viel zu mystisch angehaucht. Gespenster, Geister, Untote! So ein Blödsinn. Sie verdrängte, dass sie gestern gleich zweimal an genau diese Typen geglaubt und sich sogar vor Angst unter der Decke verkrochen hatte.

»Der Engländer«, wiederholte Keno. Er hustete erneut, aber dieses Mal nahm ihm Lia den Anfall nicht so recht ab.

»Ja, von dem rede ich. »Was ist das für ein Mann? Raus mit der Sprache! Ich muss das wissen, denn ich hänge mittlerweile genauso mit drin wie du. Immerhin ist jemand, wenn auch ohne Einbruchsspuren, letzte Nacht in mein Zimmer eingestiegen und hat das Buch gestohlen. Wer weiß alles davon? Und worum geht es?«

Keno ließ sich zurück ins Kissen sinken und schloss die Augen. »Viele Fragen auf einmal«, gab er zu bedenken.

»Bitte, der Reihe nach!«, forderte Lia ihn auf. »Los jetzt, keine Ausflüchte mehr!«

»Also gut. Der Engländer ist ein merkwürdiger alter Mann, und er sagt, er sei mein Urgroßvater.«

»Das hast du bereits von dir gegeben«, unterbrach Lia ihn. »Was gibt es noch zu wissen?«

Keno seufzte. »Er treibt sich seit einiger Zeit in Norden herum und taucht stets aus dem Nichts auf. Er will sich nun holen, was ihm gehört. Dass das Buch jetzt weg ist, wundert mich nicht. Ich vermute, der Engländer hat es geholt. Er kann das, da sei sicher. Er ist sogar in der Lage, in die Herzen der Menschen zu sehen.«

»Mal ganz langsam. Ist er ein Wahrsager oder was?«

Keno zuckte mit den Schultern. »Das weiß ich nicht, aber er ist geheimnisvoll.«

»Wo finde ich ihn?«

»Du kannst ihn nicht finden, er findet höchstens dich.«

Lia sog die Luft scharf ein. »Es gibt keine Geister! Es muss was anderes dahinterstecken. Also, was ist das für ein Mann, der solche Geschichten erzählt?« Lia überkam trotz ihrer forschen Worte eine Gänsehaut. Das Ganze klang sehr verworren und unheimlich. Sie wünschte für einen Augenblick, sie hätte auf Helge und Maybritt gehört und dem Buch keine Bedeutung beigemessen.

Keno wurde erneut von einem Hustenanfall geschüttelt, sprach aber weiter, nachdem er einen Schluck Wasser genommen hatte. »Ich darf darüber nicht reden. Punkt. Schlimm genug, dass ich dir überhaupt von ihm und dem Buch erzählt habe. Vielleicht kann auch nur ich ihn erkennen.«

»Und Mirko? Er hat ihn doch ebenfalls gesehen! Es wird den alten Mann schon geben.«

»Wenn du meinst. Ich glaube auf jeden Fall, was er sagt. Woher sollte er diese Details denn kennen? Das Buch lag jahrelang auf dem Dachboden im Vossenhus verborgen. Es ist verwunschen, die Figuren darin leben und machen Norden unsicher. Ich fürchte mich. Und wie!«

»Vielleicht gibt es noch eins davon?« Lia kaute auf ihrer Unterlippe. »Daher könnte er sein Wissen beziehen. Keno, mir wird das langsam unheimlich. Das, was du erzählst, ist unmöglich und kann gar nicht sein. Hast du tatsächlich mit dem Engländer gesprochen? Hat er das wirklich alles zu dir gesagt?«

»Ja, doch!« Keno brach ein. Lia hatte eine Schleuse in ihm geöffnet, aus der heraus es nun sprudelte. »Er selbst hat mich auf dem Weg zur Lesenacht abgefangen und mich gebeten, dieses Buch zu besorgen, weil ihm gehört, was darin steht. Tue ich nicht, was er sagt, werde ich bluten, genau wie er. Es ist mein Schicksal, zu einem Geist zu werden, wenn ich meinen Besitz nicht an mich genommen habe. Gehorche ich ihm aber, wäre alles im Lot und ich fände meinen Frieden.« Keno machte eine Pause. Er schloss die Augen, unter seinen Lidern quollen dicke Tränen hervor.

»So einen Blödsinn habe ich noch nie gehört«, stieß Lia aus. »Dann geistern hier ja jede Menge Urgroßväter herum und warten darauf, dass ein Mensch den Schatz hebt. Und was ist mit den Frauen? Die spuken nicht? Immerhin war der Reichtum für eine von ihnen gedacht. Was ist mit deinem Vater, der ist doch auch ein Nachfahre? Ne, Keno, das hakt!«

Kenos Unterlippe zitterte. Er schien wirklich große Angst zu haben. »Dafür hat mein Urgroßvater sicher eine vernünftige Erklärung. Wenn ich auf ihn höre, ist der Fluch von mir genommen und ich habe endlich Freunde.«

Lia besann sich und drückte ihm kurz die Hand. »Deshalb machst du das? Weil du das hoffst?«, flüsterte sie. »Weil du dir Freunde wünscht?«

Keno nickte. »Deswegen, und außerdem macht mir der Alte Angst. Ich will, dass die Geister weggehen. Er sagt, nur ich kann den Schatz finden, denn nur ich bin der rechtmäßige Besitzer. Was soll ich tun?«

»Du wirst auch ohne den Engländer und seine Machenschaften jemanden finden, der dich mag, glaub mir. Deshalb brauchst du ganz bestimmt keine alten Bücher zu lesen. Das mal vorweg«, erklärte Lia.

Keno sah sie zweifelnd an.

Die beiden schwiegen eine Weile. Lia hing ihren Gedanken nach. So richtig hatten diese Aussagen ihr auch nicht weiterhelfen können. Aber falls es stimmte und der Alte das Buch hatte, war es dringlich, ihn aufzusuchen. Frau Meyer würde ihr den Kopf abreißen, wenn sie es morgen nicht zurückbrachte.

Kenos Überlegungen drehten sich offenbar noch immer um den Engländer. Er sagte: »Du musst ihn suchen! Vielleicht zeigt er sich dir. Er hält sich ab und zu an der Kirche am Marktplatz auf. Sag ihm aber nicht, was du weißt. Ich schwebe sonst in großer Gefahr. Findest du ihn nicht ...«

»... dann habe ich ab morgen wirklich Stress«, unterbrach Lia ihn.

Keno ignorierte ihren Einwurf. »Das Buch ist der Wegweiser. Für solche Besitztümer sind schon etliche Menschen gestorben. Nur haben wir es beide nicht zu Ende gelesen. Schade, vielleicht wären wir dann schlauer.« Kenos Stimme wurde immer kurzatmiger.

»Ich habe mich immerhin durch zwei Kapitel gequält«, begann Lia. »Langweilig, sage ich dir. Es war grottenlangweilig! Bin mir nicht einmal sicher, ob ich es weitergelesen hätte, nur stellt sich diese Frage gar nicht mehr. Ich muss es tun!«

»Zuerst sollte es wieder auftauchen«, sagte Keno. Er bekam erneut einen Hustenanfall und griff zu seinem Asthmaspray. Nachdem er einen Hub genommen hatte, klang er besser.

»Pass auf!« Lia schnappte sich ihre Jacke. »Ich suche jetzt den Engländer und werde das Buch auftreiben. Falls es in seinem Besitz ist. Und dann werde ich die ganze Nacht hindurch lesen. So lange, bis ich weiß, worum es hier geht!«

»Wenn er es hat, wird er es dir nicht geben. Mein Urgroßvater bewahrt es einzig für mich auf.« Keno legte sich zurück in die Kissen. Er war blass, und offensichtlich ging es ihm nicht gut. »Erzähl mir später, was du herausgefunden hast. Ich muss jetzt noch ein wenig schlafen.«

Lia schlich aus dem Zimmer und war froh, als ihr draußen die frische Luft entgegenblies. Sie verabschiedete sich höflich von Kenos Mutter und wandte sich nach links. Am Markt umrundete sie die Ludgerikirche zweimal, aber ihr fiel kein Mann auf, der sich irgendwie auffällig benahm. Schließlich radelte sie zum Vossenhus, schloss ihr Rad ab und betrat die Bibliothek.

»Was machst du denn schon wieder hier?«, begrüßte sie Frau Meyer. »Wirst ja langsam Stammgast! Willst du mir das Buch zurückbringen? Dann hast du es ja außergewöhnlich schnell durchgelesen.«

»Ich habe es nicht mit«, druckste Lia herum. »Es ist weg.«

»Wie, es ist weg?« Frau Meyer rückte ihre Brille zurecht.

»Man hat es nachts aus meinem Zimmer gestohlen, so merkwürdig das auch klingt. Frau Meyer, mit dem Buch stimmt etwas nicht. Keno sagt, es sei verwunschen. Wissen Sie, was darin steht? Ich habe ja nur ein paar Seiten gelesen.«

Die Bibliothekarin zog Lia mit sich ins Büro. »Nun komm mal schön her. Mir reicht es langsam. Bitte fahre nach Hause und bringe es mir morgen wie abgesprochen zurück. Mir ist nicht klar, welch seltsame Geschichte du mir hier auftischst, aber ich finde das weiß Gott nicht komisch.« Sie presste die Lippen aufeinander. »Und um deine zweite Frage zu beantworten: Nein, mir ist nicht bekannt, was drin steht, und ich will es auch gar nicht wissen. Ihr seid deswegen ja alle völlig durch den Wind. Es ist kaum zu ertragen. Wenn du es morgen zurückgebracht hast, möchte ich nichts mehr, aber auch gar nichts mehr von diesen merkwürdigen Geschichten hören.«

Lia senkte betroffen den Kopf. Das alles lief ihr gewaltig aus dem Ruder. Ganz gewaltig.

9. Kapitel

Zu Hause angekommen, warf Lia sich zunächst aufs Bett. Wie sollte sie nun weiter vorgehen? Sie hatte absolut keine Ahnung, wer das Buch gestohlen haben könnte.

Ihre Gedanken kreisten, und immer wieder kam sie bei einer einzigen Lösung an. Sie musste den Engländer finden, ihn löchern. Gleich morgen wollte sie sich darum kümmern.

Oder ich lasse mich in der Bibliothek einschließen, dachte sie. Vielleicht gab es dort einen Hinweis. Lia bekam Hunger und ging in die Küche. Der Kühlschrank war wie leer gefegt, Tante Julia war wie immer kein Risiko eingegangen und hatte aus Furcht, Lia könne etwas vergammeln lassen, sämtliche Lebensmittel entfernt. Es half also nichts, sie musste zu Tant' Greta gehen. Deren Schränke würden mit Vorräten gefüllt sein, dass die Türen kaum schlossen. Lia trollte sich nach nebenan.

Tant' Greta saß in ihrer Küche und blickte erfreut über den unerwarteten Besuch auf. »Na, mien Deern, doch kurz mal bei mir vorbeikieken?«

Lia nickte. »Ich habe Hunger.«

Tant' Greta sprang augenblicklich auf und öffnete den Kühlschrank. Lias Blick fiel derweil auf den Küchentisch, an dem Tant' Greta gesessen hatte. Erst glaubte sie an eine Täuschung, dann aber sah sie ein zweites Mal hin. Lia griff nach dem aufgeschlagenen Buch, drehte es um und zuckte zusammen. Es war das Schmugglerbuch! Lia legte es zurück und setzte sich auf einen der Küchenstühle.

»Was liest du da?«, fragte sie ganz unbefangen, obwohl ihr Herz bis zum Hals klopfte.

Tant' Greta war gerade dabei, Lia ein Salamibrot zu schmieren, und sagte, mit dem Rücken zu ihr gewandt: »Das habe ich mir letzte Nacht von dir ausgeliehen und heute Mittag vergessen, es dir zu sagen.« Sie kicherte. »Ich war gestern drüben. Bin wirklich etwas verwirrt. Ich war so aufgeregt, weil ich auf dich aufpassen soll, da bin ich mitten in der Nacht wach geworden und wusste plötzlich gar nicht mehr, ob deine Tante und dein Onkel schon weg sind. Ich habe mich hin und her gewälzt und schließlich beschlossen, mich zu vergewissern, dass du wohlbehalten in deinem Bett liegst. Ich habe ja euren Schlüssel und bin leise rüber, ganz leise, um für den Fall, dass deine Tante und dein Onkel noch da waren.«

Lia konnte sich ein erleichtertes Grinsen nicht verkneifen. Was hatte Helge gesagt? Für alles gab es eine natürliche Erklärung. Nicht ihre Unordnung und erst recht kein Geist waren für das Verschwinden des Buches verantwortlich. Nur die neugierige Tant' Greta. »Wieso hast du es dir denn überhaupt mitgenommen?«, fragte sie.

Tant' Greta hatte das Brot fertig geschmiert, und vor Lia standen nun zwei dick belegte Schnitten mit Salami, Salat und Gurkenscheiben. »Ich weiß es nicht, mien Deern. Es sah so geheimnisvoll aus mit dem Eindruck und dem Fuchs. Hat mich wohl an die Bücher meiner Kindheit erinnert. Da sahen die Einbände ähnlich aus.«

»Nur deshalb?«, hakte Lia nach.

Tant' Greta begann zu kichern. »Nicht nur. Ich liebe Schmugglergeschichten. Und erst recht, wenn sie in Norden spielen. Das hat etwas von einer wunderbaren Wirklichkeit, weißt du.«

Lia biss herzhaft in die Scheibe Brot. Es schmeckte köstlich, denn Tant' Greta buk selbst. »Ich muss dir das Buch leider gleich wieder wegnehmen.«

»Ach wie schade«, bedauerte Tant' Greta. »Gerade jetzt, wo es spannend wird.«

»Spannend?«, hakte Lia nach.

»Nun ja, ein Schatz, der in Norden liegt, ist aufregend.« Tant' Greta winkte ab. »Aber es ist ja nur eine Geschichte. Eine, die immer wieder erzählt wird.« Sie schob Lia das Buch rüber.

Diese verschlang die Brote mit großen Bissen und stürmte in ihr Zimmer. Sie war erleichtert. Nun konnte sie das Buch morgen zurück ins Vossenhus bringen, ohne Ärger zu bekommen. Dennoch wollte sie es zu Ende lesen. Danach war Schluss mit den Gespenstergeschichten.

10. Kapitel

Das helle Gemäuer der Bibliothek blitzte in der Sonne, als Lia am nächsten Nachmittag darauf zuradelte. Auf dem Relief an der Fassade befand sich der Fuchs, nachdem das Bibliotheksmaskottchen benannt war. Vossenhus, das Fuchshaus.

Frau Meyer blickte kaum auf, als Lia das Buch auf den Tisch legte. »Geht doch«, sagte die Bibliothekarin nur. »Hast du es durch?«

Lia nickte, obwohl es nicht stimmte. Dazu war die Zeit einfach zu knapp, und das Entziffern der Schrift zu schwer gewesen. Sie war nur bis zu dem Punkt gekommen, wo das Schiff mitsamt der wertvollen Fracht in Seenot geraten war.

Lia entfernte sich rasch aus dem Vossenhus und wollte zu Keno fahren. Wenngleich sie gestern noch beschlossen hatte, die Sache auf sich beruhen zu lassen, konnte sie es nicht. Sie musste erst herausfinden, wer der Engländer war und warum er Keno den Floh ins Ohr gesetzt hatte, er sei sein Urenkel mit ganz vielen ›Ur's‹. Das allein klang unendlich albern. »Außerdem schadet es nichts, allen Dingen auf den Grund zu gehen. Die Osterferien könnten sonst verdammt langweilig werden«, sagte sie zu sich. »Da begebe ich mich mit Keno besser mal auf Schatzsuche.«

Sie radelte schnell, der Wind blies mal wieder kräftig aus Nordwest, und sie hatte Mühe, das Tempo zu halten. Während Lia gegen die Böen ankämpfte, reifte in ihr eine Idee. »Das ist grandios!«, frohlockte sie. Wohl wissend, dass

Helge und Maybritt diesen Einfall mitnichten für grandios halten würden. »Sie brauchen ja nicht mitzumachen«, sagte sie. »Obwohl ich Helge dazu sicher überreden kann. Wir lassen uns in der Bibliothek einschließen und gehen der Sache vor Ort auf den Grund. Das ist genial!«

Schließlich stand sie vor Kenos Haus. Seine Mutter öffnete. »Ach, du bist es. Komm rein!«

Keno sah merklich besser aus als gestern Mittag. »Und hast du den Engländer gefunden?«, begrüßte er sie.

Lia schüttelte den Kopf. »Hab ihn gar nicht gesucht. Aber ich habe das Buch zurück.«

»Von wem?«

»Meine Aufpasstante hat es eingesteckt. Sie liebt Schmugglergeschichten. Das Buch ist jetzt wieder im Vossenhus.«

»Gott sei Dank!«, stieß Keno aus. »Ich bin einfach nur froh, dass du unversehrt bist.«

Lia zog die Brauen hoch, erwiderte aber nichts. Keno glaubte anscheinend wirklich an das, was er sagte. Außerdem drückte er sich so geschwollen aus, dass es anstrengend war.

»Hast du das Buch durchgelesen und weißt jetzt, wo der Schatz liegt?«

Lia verneinte. »Das habe ich zeitlich nicht geschafft. Hast du eine Vorstellung davon, wie schwer es ist, von Tant' Greta wieder wegzukommen?«

»Kann es mir denken. Hab auch so eine Tante. Nach jedem Besuch platze ich, weil sie mich mästet.«

»Ich habe aber eine Idee.« Lia grinste und erzählte ihm von ihrem Einfall, den sie nach wie vor für unschlagbar gut hielt. »Eine Nacht im Vossenhus. Quasi eine verlängerte Lesenacht, nur um den Inhalt des verwunschenen Buches zu studieren. Wie klingt das?«

»Gefährlich«, hauchte Keno. »Überaus gefährlich.«

»Hast du ernsthaft Angst?«, fragte Lia, mutiger, als sie sich fühlte.

»Angst vor den Geistern, die diesem Buch entstiegen sind.« Keno war von dieser Theorie einfach nicht abzubringen. Hoffentlich fürchtete er sich in der Nacht nicht allzu sehr. Sie zweifelte nicht daran, dass er sie begleiten würde.

»Also gehen wir auf den Dachboden, einverstanden?«

»... der nur leider abgeschlossen ist«, unkte Keno.

»Ich war noch gar nicht fertig«, fuhr Lia ihn an. »Sina ist doch eine Cousine von dir. Du erklärst dich heute Abend für gesund, siehst zu, dass du in den nächsten Tagen diesen Schlüssel von ihr in die Finger bekommst, und dann wirst du dich ganz schnell mit Helge anfreunden.«

»Ich verstehe nur Bahnhof. Warum sollte ich das tun? Der guckt mich nicht einmal von der Seite an.«

Lia stöhnte auf. »Du bist wirklich schwer von Begriff. Ich werde Helge das auch stecken, denn du musst so tun, als würdest du bei ihm übernachten, wie sonst willst du nachts aus dem Haus kommen?«

»So etwas habe ich aber noch nie gemacht«, flüsterte Keno, der mit Lias Ansinnen eindeutig überfordert war. »Lügen, meine ich.«

»Besondere Umstände erfordern besondere Maßnahmen«, erklärte Lia. »Im Normalfall gibt es auch keinen Engländer und keine verwunschenen Bücher, aus denen irgendwelche Gestalten auftauchen. Und außerdem ist es keine Lüge. Du übernachtest ja bei Helge. Nur nicht in seinem Zimmer. Willst du das Geheimnis lüften oder nicht?«

»Doch, schon«, sagte Keno. »Aber an den Schlüssel komme ich nicht ran. Kannst du den nicht in der Bibliothek klauen?«

»Damit gleich alle wissen, was wir vorhaben? Denk mal nach! Wenn Sina ihn vermisst, kann man immerhin so tun, als habe sie ihn verbummelt.«

»Könnte man im Vossenhus auch sagen«, versuchte Keno es noch einmal.

Mann, ist das ein Schisser, ging es Lia durch den Kopf. Sie befürchtete, dass es Keno wirklich nicht wagen würde und ihre Mission womöglich an seiner Feigheit scheiterte. Es wäre besser, sie nähme es selbst in die Hand. »Also gut«, lenkte sie ein. »Ich kümmere mich darum. Aber du trabst morgen gesund wieder in der Schule an, und ich kläre das mit Helge.«

»Du bist ganz schön mutig«, sagte Keno. »Ich weiß nicht, ob ich mich all das traue.«

»Dann mache ich es notfalls allein, und du wirst nie erfahren, was hinter der Sache steckt.« Lia hoffte, dass das Kenos Ehrgeiz genug anfachen würde.

Der nickte stumm. Gegen Lia hatte er keine Chance. Sie verabschiedete sich und beschloss, nun doch heute noch an der Ludgerikirche vorbeizufahren. Auch wenn der Engländer das Buch nicht gestohlen hatte, war es sicher interessant, ihm einmal zu begegnen.

»Jetzt muss ich nur sehen, wie ich an den verdammten Schlüssel herankomme«, erklärte sie sich selbst, als sie wieder im Sattel saß. Dieses mit sich selbst Reden war eine dumme Angewohnheit, derentwegen sie oft aufgezogen wurde. »Er hängt bestimmt in Frau Meyers Büro. Ausleihen kann ich ihn aber erst, wenn ich exakt weiß, in welcher Nacht wir die Operation Schmugglerbuch starten. Ist er zu lange weg, fällt es auf. Schade, dass Keno genau das Weichei ist, für das ich ihn gehalten habe. Ein Miniweicheikeks eben.«

Sie sah auf die Uhr. In einer Stunde würde Tant' Greta mit dem Abendessen auf sie warten, und es wäre günstig, pünktlich zu sein. Je angepasster sie sich in den nächsten Tagen gab, desto mehr Freiheiten hätte sie dann, wenn es vonnöten war. Jetzt blieb noch Zeit, sich mit Helge auseinanderzusetzen. Auf Maybritts Gemecker hatte sie absolut keine Lust. Sie stoppte, zog ihr Handy hervor, wählte Helges Nummer und erzählte ihm, was sie mittlerweile herausgefunden hatte.

»Du willst dich wirklich in der Bibliothek einschließen lassen? Das ist gewagt«, stellte er fest, doch Lia erkannte an seiner Stimme, dass es ihn durchaus reizte, mitzumachen. »Wir könnten einen weiteren Mitstreiter brauchen«, schlug sie vor. »Maybritt hat ganz sicher kein Interesse.«

»Wovon du ausgehen kannst. Ich bin dabei, Lia. Ich lasse dich nicht im Stich, habe ich noch nie getan.«

»Ich weiß«, grinste die. »Wir müssen uns einen guten Plan überlegen, dann klappt das schon. Morgen Nachmittag bei mir? Ich sag Keno Bescheid, falls er sich bis dahin nicht in die Hose gemacht hat.«

Damit war das beschlossene Sache.

Lia huschte pünktlich zu Tant' Greta hinüber. Die hatte Pfefferminztee gekocht und Wurst und Käse neben frischem Brot aufgetischt. Lia lief das Wasser im Mund zusammen, so gut hatte sie lange nicht mehr gegessen.

»Hau rein, mien Deern. Alles eigenhändig gemacht.«

Ja, das konnte Tant' Greta. Sie stellte Leberwurst selbst her, räucherte ihren Schinken und buk das Brot in ihrem Ofen im Gartenhaus. Von daher duftete es stets verlockend, wenn man bei ihr vorbeifuhr. Hin und wieder brachte sie Tante Julia ein Brot rüber, doch meist waren alle Laibe schon in der Nachbarschaft verkauft. Tante Julia vergaß regelmäßig, eins vorzubestellen. Lia war nun froh, diese Köstlichkeiten genießen zu können.

»Kennst du dich eigentlich mit den alten Schmugglergeschichten aus?«, fragte Lia mit vollem Mund.

»Das waren grausige Zeiten. Habe viel davon gehört. In meiner Kindheit war das oft Thema.«

»Was genau wurde da erzählt?« Lia langte noch einmal kräftig zu.

»Da gibt es etliche Berichte, ein paar sind grausam, andere gruselig. Aber eine Geschichte wird immer mal wieder über die alten Schmuggler aus Norden ausgegraben.«

»Erzähl! Bitte!«

Tant' Greta nahm sich zuerst noch eine Tasse Tee, lehnte sich dann zurück und begann: »Einmal sind zwei Norder bei Nacht und Nebel nach Helgoland aufgebrochen. Sie wollten das Übliche zu den Engländern bringen. Die Holländer waren verhasst, nur damals wussten die Leute nicht, was erst mit den Franzosen kommen sollte. Trotzdem gab es schon Kanonenboote an der Emsmündung, die Gendarmen bewachten fast jedes Haus. Die beiden hatten es dennoch geschafft, loszufahren. Angeblich hat ihnen ein reicher Engländer die Brautgabe für seine Zukünftige mitgegeben. Sie sind aber in einen Sturm geraten und nie mehr in Norden angekommen. So blieb der Schatz verschwunden und kam nie bei der Braut an. Eine traurige Geschichte.« Tant' Greta schüttelte den Kopf.

Und offenbar genau die, die im Schmugglerbuch steht. So unbekannt ist es also doch nicht, dachte Lia. »Weiß man, was aus den Männern geworden ist?«

»Na, die werden wohl ertrunken sein. Und der Engländer ist von den Holländern erschossen worden, soweit ich mich erinnere. Aber was interessieren dich die alten Märchen! Ich denke, ich räume jetzt ab und setze mich in Ruhe auf meinen Fernsehsessel.«

»Woher weißt du das alles?«, fragte Lia. Das Buch hatte Tant' Greta doch gar nicht zu Ende gelesen.

»Das wird nur erzählt. Von Generation zu Generation und immer ein wenig anders. Eine Variante lautet, der Schatz sei doch in Norden angekommen und läge irgendwo an einem sicheren Ort versteckt, bis der Engländer zurückkommt und ihn sich für seine Braut holt. Aber das ist natürlich dummes Zeug. Dann wäre er wohl schon lange aufgetaucht.«

Lia kroch erneut eine Gänsehaut über den Rücken. Überall tauchte der geheimnisumwitterte Engländer auf. Was war, wenn dieses Buch tatsächlich verwunschen und darin ein Hinweis versteckt war, wo der Schatz in Norden lag? Sie würde das herausfinden, das war sicher.

11. Kapitel

Am nächsten Tag war die Schule wegen der anbrechenden Ferien schon nach der dritten Stunde zu Ende. Eine Ausnahme, und die Kinder genossen es. »Ich werde gleich zum Vossenhus fahren«, erklärte Lia Helge und Maybritt.

»Warum denn das?« Die Begeisterung ihrer Freundin hielt sich, wie so oft, in Grenzen.

»Ich will nachsehen, ob vielleicht eine andere Aufzeichnung über den Schmuggel existiert. Wir haben hier zwar kein Archiv, die Bücherei arbeitet aber die alten Schriften und Bücher auf. Wäre doch möglich, dass es neben diesem merkwürdigen Buch auch eine Dokumentation über die wahren Hintergründe dieser Geschichte gibt.«

Helge fand, das sei eine gute Idee, und da es ungefährlich war, schloss Maybritt sich ihnen an. Sie stellten die Räder ab und betraten das Gebäude. Frau Wiesel saß unten an der Ausleihe, und Lia schilderte ihr Anliegen. »Da muss ich wirklich überlegen«, sagte die Bibliothekarin. »Rausgeben kann ich allerdings nichts, und wie ihr wisst, sind wir eben erst dabei, den Gründungsbestand zu ordnen.« Sie tippte ein paar Worte in den PC. »Komisch. Das hat vor zwei Tagen auch schon jemand aufgerufen. Es gibt da etwas über die Fernleihe, aber das ist bereits ausgeliehen. Ihr seid also zu spät, tut mir leid.«

»Jemand anders hat genau diese Bücher angefragt?«, hakte Lia nach.«

Frau Wiesel nickte, bemerkte Lias neugierigen Blick, mit dem sie versuchte, den Namen desjenigen zu erhaschen.

»Ich kann natürlich nicht sagen, wer es war.« Sie wandte den Kopf, weil ein Besucher zur Tür hereinkam. »Ach, du bist es, Martin. Komm rein!« Ihre Stimme klang überaus zuvorkommend. Den jungen Mann kannte sie, das war kein normaler Leser der Bücherei.

Lia blickte ihre Freunde an. Wer war das? Etwa der Freund von Frau Wiesel? Ihrem Blick nach war das nicht auszuschließen. Er grinste sie ebenfalls mit einem Zwinkern an. »Ich bin gleich wieder weg, Dagmar, wollte das nur abgeben. Habe viel um die Ohren, weißt ja, wie das mit uns Historikern so ist.« Nun entdeckte er die Kinder. »Ihr seht enttäuscht aus. Welche Laus ist denn euch über die Leber gelaufen?«

Lia druckste herum. »Jemand ist uns zuvorgekommen, als wir etwas lesen wollten, mehr nicht.« Sie sprach hastig. Aus unerfindlichem Grund zog sie es vor, Martin keine genauen Angaben zu machen.

Der hob fragend die Brauen. Glücklicherweise reagierte Maybritt ebenso schnell. Wie immer schlug sie in solchen Situationen einen geschwollenen Ton an. »Wir müssen für die Schule über die Norder Stadtgeschichte recherchieren. Damals, als die Holländer alles besetzt hatten. Und es ist schwierig, an Material zu gelangen.«

Frau Wiesel unterbrach für einen Moment ihre Tätigkeit. »Ihr könnt Herrn Dom ruhig fragen, der kennt sich gut damit aus, was einst in Norden geschah. Er ist quasi ein wandelndes Archiv.«

»Wirklich?« Lia war sofort Feuer und Flamme und vergaß augenblicklich ihre Vorsicht. »Kennen Sie die Geschichte vom verlorenen Schatz?«

Martin hob abwehrend die Hände. »Um Gottes willen, nicht schon wieder das! Das ist eine nicht nachzuweisende Legende. Damit habe ich nichts am Hut. Von mir erfahrt ihr einzig Fakten, ich bin Wissenschaftler und kein Schatzsucher.« Er sah auf die Uhr. »Tut mir leid, ich bin bereits weg.« Er wandte sich Frau Wiesel zu, die bis über beide Ohren errötete. »Grüße Frau Meyer herzlich und gib ihr das bitte!« Er wies auf den Stapel Blätter, den er ihr auf den Tisch gelegt hatte.

Noch im Fortgehen hob Martin Dom den Daumen und grinste die Kinder an. »Dennoch wünsche ich euch ein gutes Gelingen auf der Suche nach dem Schatz. Kann ein netter Zeitvertreib sein, nur lasst euch sagen: Das verlorene Brautgeschenk haben schon viele gesucht und nie gefunden.« Er verließ das Vossenhus, kam aber kurze Zeit später zurück. »Warum wollt ihr diese Geschichten denn überhaupt ausgraben? Wirklich nur für die Schule?«

Die drei nickten. »Jede Gruppe muss ein Referat über Nordens Vergangenheit halten, und da dachten wir an so etwas. Wäre natürlich sehr schade, wenn noch weitere auf dieselbe Idee gekommen wären. Weil die Bücher schon ausgeliehen sind. Aber wir werden sicher auch ein anderes Thema finden.« Helge hatte sie alle klug aus der Affäre gezogen, ohne zu viel zu verraten.

»Stimmt, drücke die Daumen. Falls ihr nach einem alternativen Motiv sucht: Da helfe ich gern!« Martin fummelte an seinem Jackett, drückte der verdutzten Lia seine Visitenkarte in die Hand, und weg war er.

Frau Wiesel hämmerte wieder auf der Tastatur herum. Dabei sagte sie: »So ist er, der Martin. Immer hilfsbereit. Mir ist allerdings noch etwas eingefallen. Google sei Dank.« Sie druckte ein paar Schriftstücke aus und gab sie Lia. »Mehr kann ich nicht für euch tun, aber vielleicht hilft es für das Referat weiter. Das sind ein paar Fakten aus der damaligen Zeit. Das mit dem Schatz vergesst mal ganz schnell, das will euer Lehrer sicher nicht hören. Er wird die wahre Historie ausgearbeitet haben wollen. Diese Brautgeschenklegende gehört bestimmt nicht dazu, selbst wenn sie immer wieder erzählt wird.« Sie lächelte. »Finde ich beachtlich, dass die Lehrer in der Schule sogar unsere eigene Geschichte durchnehmen.«

Lia und ihre Freunde steckten die Papiere ein. »Danke! Das ist wirklich nett von Ihnen.«

»So bin ich«, kommentierte Frau Wiesel und begrüßte den nächsten Leser, der sich mit einem Stapel Bücher angestellt hatte.

Kaum waren die Kinder draußen vor der Tür, zerrte Lia die ausgedruckten Blätter hervor. »Ich muss das jetzt sofort ansehen!«, stieß sie aus.

Maybritt und Helge scharten sich um sie herum. »Los, was steht da?« Lia überflog die Zeilen, schüttelte danach enttäuscht den Kopf. »Nichts.«

»Wie, nichts?«, fragte Helge.

»Da stehen nur Fakten. Wann es Schmuggler gab, warum und wie sie es angestellt haben. Aber nichts, rein gar nichts über die Geschichte, die uns interessiert.«

Helge nahm ihr die Zettel aus der Hand. »Hat sie ja gesagt. Zeig doch mal her!« Auch er überflog den Text. »Gib es mir mit. Ich lese das ganz in Ruhe durch. Vielleicht versteckt sich ja etwas dahinter. Irgendwoher muss die Legende schließlich gekommen sein.«

Maybritt zupfte Lia am Ärmel, als sie noch immer unschlüssig dastand. »Komm, lass uns gehen, mir ist kalt.« Sie zögerte.

»Ist was?«, fragte Lia, die ihrer Freundin ansah, dass sie etwas beschäftigte.

»Ja, ich überlege gerade, woher ich diesen Martin kenne. Er kommt mir bekannt vor.«

Lia zuckte mit den Schultern. »Vielleicht fällt es dir bis zum Nachmittag ein. Ich schlage vor, wir treffen uns nachher um drei zur Lagebesprechung bei Helge. Ich sehe jetzt nur noch einen einzigen Weg, das Geheimnis zu lüften.«

»Du willst den Engländer finden«, sagte Maybritt.

Lia grinste breit. »Nicht nur das: Ich will auch in die Bibliothek auf den Dachboden und das Buch zu Ende lesen, womöglich den Geisterfiguren daraus begegnen. Und das werde ich nicht tun, während der Betrieb dort läuft.«

»Du willst nicht nachts ins Vossenhus einsteigen?«, fragte Maybritt entsetzt. »Sag, dass ich mich irre!«

»Dann würde ich ja lügen«, sagte Lia. »Heute Nachmittag bei Helge. Bis dahin haben wir einen Plan.«

12. Kapitel

Pünktlich um drei Uhr war Lia bei Helge. Maybritt kam kurze Zeit später dazu. Sie hockten sich in das winzige Zimmer mit den Kiefernmöbeln, wo sie aus jeder Ecke von einem überdimensionalen Vogel angestarrt wurden. Lia und Maybritt waren das allerdings gewöhnt und ließen sich auch von dem Adler mit den ausgestreckten Krallen nicht beirren.

»Hast du doch noch was aus den Papieren entnehmen können, die uns Frau Wiesel ausgedruckt hat?«, fragte Lia ihren Freund.

»Nichts Besonderes. Habe aber ein bisschen weiter gegoogelt, leider ohne Ergebnis. Dieser Schatz scheint wirklich eine Legende zu sein, die nur in Norden bekannt ist.«

Lia schüttelte den Kopf. »Dann war das also eine leere Spur, Plan B tritt in Kraft.«

»Die Nacht im Vossenhus!«, sagte Helge mit einer leichten Bewunderung für seine Freundin in der Stimme. Es gab kaum ein Mädchen, das so mutig und einfallsreich war wie sie.

»Und wie möchtest du es anstellen, in die Bibliothek zu gelangen?«, fragte Maybritt. »Sie werden uns nicht den Schlüssel in die Hand drücken und sich freuen, wenn wir dort nächtigen.«

»Wir müssen ihn an uns nehmen. Zuerst dachte ich, Keno könnte ihn Sina einfach stibitzen, seine verwandtschaftlichen Beziehungen spielen lassen. Sie ist schließlich seine Cousine, und da wäre es irgendwie kein Diebstahl. Aber der traut sich nicht.«

»Der ist auch fast noch ein Kleinkind«, bestätigte Maybritt. »Außerdem bin ich nicht sicher, ob sie als Praktikantin den Dachbodenschlüssel mit nach Hause nimmt. Wahrscheinlich nicht.«

»Na, das mit dem Kleinkind lass ihn mal nicht hören«, grinste Helge. »Willst du ihn denn bei der Aktion dabeihaben, Lia?«

Sie nickte. »Ja, das möchte ich. Weil er das meiste Hintergrundwissen hat und das Verbindungsstück zum Engländer ist. Warum auch immer der ihn auserkoren hat. Durch ihn werden wir vielleicht ein paar Dinge mehr erfahren.«

Maybritt lachte auf. »Hintergrundwissen! Lia, der Knabe redet von Geistern und Schmugglern, die aus Büchern kriechen!«

»Egal, ich finde, er sollte eben dabei sein.«

»Wie sollen wir überhaupt ins Vossenhus gelangen?«, sagte Maybritt. »Hast du darüber nachgedacht?«

Lia nickte. »Wir lassen uns einschließen, ganz einfach. Und ich weiß auch schon wo.« Sie ignorierte Maybritts skeptischen Blick. »Und wie gelangen wir an den Schlüssel, wenn Keno ihn nicht besorgen kann?«, hakte die weiter nach.

Helge krauste die Stirn. »Den bekommen wir ganz einfach.«

Maybritt sah ihn fragend an.

»Wenn wir in der Bibliothek sind, schiebt Lia Wache, und ich hole ihn. Wo auch immer sie ihn aufbewahren –

das gilt es noch herauszufinden. Ich vermute, in Frau Meyers Büro. So kurz vor Schließung der Bücherei merkt kein Mensch, wenn er verschwunden ist.«

»Ob das gut geht?«, argwöhnte Maybritt.

Helge wandte sich wieder den Unterlagen von Frau Wiesel zu, die er vor sich auf dem Tisch ausgebreitet hatte. »Hier stehen etliche Details zum Thema Schmuggeln drin. Ist wirklich interessant. Es war eine richtig große Bewegung, und sehr viele haben daran teilgenommen. Sie mussten sich damit über Wasser halten. Aber es war ziemlich gefährlich, sich bei diesen Nacht- und Nebelaktionen auf See zu wagen.«

»Das wollen wir jetzt überhaupt nicht wissen. Wir müssen dem Geheimnis im Buch auf die Spur kommen, sonst nichts.« Lia sah Helge an.

»Ich forsche eben auch gern in den Fakten«, beharrte der. »Wer weiß, wozu uns das noch nützt! Nichts ist umsonst, das haben wir doch schon oft gelernt.«

Lia ließ das nicht gelten, ihr ging das alles viel zu langsam. »Nun leg diese Zettel schon weg, der Weg war unnütz und hat uns nicht weitergeholfen.«

»Na, außer dass ich glaube, diesen Martin irgendwoher zu kennen«, widersprach Maybritt. »Der kam mir so bekannt vor, und ich weiß einfach nicht, wohin ich ihn stecken soll.«

Lia war genervt. Warum verschwendeten ihre Freunde so viel Zeit mit völlig überflüssigen Informationen? Hier galt es einzig und allein herauszufinden, ob das Buch tatsächlich verwunschen war und ob es in Norden einen unentdeckten Schatz gab. Was interessierte es sie, ob es darum ging, die Holländer auszutricksen oder ob das gefährlich war. Natürlich war es das, und die Nordsee hatte bis heute ihre Tücken. Weil Lia ihren Gedanken nachhing, hatte sie das weitere Gespräch ihrer Freunde nicht mitbekommen. Sie sah nur, dass beide aufstanden und zu ihren Jacken griffen. »Wo wollt ihr denn hin?«

»Zum Marktplatz. Bevor wir das Risiko eingehen, uns im Vossenhus einschließen zu lassen, wollen wir zuerst abklären, was es mit dem ominösen Engländer auf sich hat. Bestimmt löst sich alles in Luft und Wohlgefallen auf, wenn wir mit ihm gesprochen haben. Genau wie der Raub des Buches in der Nacht.« Helge zog den Reißverschluss hoch.

Lia fand, dass dies endlich eine gute Idee war, und schlüpfte ebenfalls in ihre Jacke. »Dann wollen wir ihm mal auf den Zahn fühlen.«

Sie radelten los. Es hatte wieder zu regnen begonnen, und so waren ihre Klamotten binnen weniger Minuten klitschnass. »Um diese Zeit turnt der Typ bestimmt nicht dort herum«, maulte Lia, die angesichts der miserablen Wetterlage ihre Meinung geändert hatte. Sie hätte jetzt lieber die Nacht in der Bibliothek geplant, als einem Phantom nachzujagen.

Die drei umkurvten die Ludgerikirche mehrere Male, aber da der Regen immer heftiger wurde, hielten sich hier nur wenige Menschen auf. »Sag ich doch«, murrte Lia weiter. Sie flüsterte es nur, denn es war besser, ihre Freunde nicht gegen sich aufzubringen. Womöglich sagten sie ihr noch die Nacht im Vossenhus ab. Und allein mit Keno fehlte selbst Lia die Lust dazu.

»Da ist er!«, rief Helge mit einem Mal aus. »Guckt mal, das könnte er sein. Der sieht wirklich ziemlich merkwürdig aus.«

Die Mädchen folgten seinem Blick und erkannten, wen er meinte. Vor ihnen wackelte ein äußerst eigentümlich anmutender alter Mann mit tippelnden Schritten über den Platz. Helge trat heftig in die Pedalen, aber schließlich musste er absteigen, weil der Alte zwischen dem Kirchturm und der Kirche verschwand. Helge schmiss sein Rad auf die Erde und sprintete dem Mann nach. Lia und Maybritt taten es ihm gleich. Als sie den Kirchturm umrundet hatten, war vom Engländer nichts mehr zu sehen.

»Der kann sich bekanntlich nicht in Luft aufgelöst haben«, sagte Helge. Auch Lia und Maybritt waren ratlos. Sie sahen sich immer wieder um, doch der Alte war wie vom Erdboden verschluckt. »Ob er wirklich ein Geist ist?«, fragte Lia. »Nur Geister können einfach so verschwinden.«

»Klar, und ganz bestimmt lacht er sich gerade tot, weil er uns aus seinem Reich beobachtet.« Maybritt schüttelte den Kopf über so viel Fantasie. »Das glaubst du selbst nicht, Lia.«

»Nein, eigentlich nicht. Aber irgendwo muss er schließlich stecken.«

Helge wandte sich um und sah zur Straße. Dort hielt eben ein Wagen. »Da!«, stieß er aus.

Die drei sahen, wie der Alte einstieg und die Tür hinter sich zuzog. »Wie ist er denn da so schnell hingekommen?«, fragte Lia. »Er war doch gerade noch hier.«

»Mich beunruhigt etwas ganz anderes«, unkte Maybritt, die sich kein bisschen hatte ablenken lassen, sondern genau hingeschaut hatte. »Wisst ihr, wer in dem Wagen gesessen hat?«

Lia zog fragend die Brauen hoch. »Nein, wer soll es gewesen sein?«

»Frau Wiesel von der Bibliothek.«

Helge pustete die Luft aus. »Das ist ein starkes Stück. Die Wiesel kennt den Engländer. Das ist seltsam. «

»Und sie weiß von dem Buch, arbeitet dazu im Vossenhus. Das passt alles zusammen«, ergänzte Lia. »Und sie wollte uns wegen des Schatzes nicht weiterhelfen, hat uns mit diesen Ausdrucken abgespeist. Da stimmt doch etwas nicht!«

Sie hoben ihre Fahrräder auf und radelten zurück zu Helge. Kurz bevor sie in seine Straße einbogen, hörte es auf zu regnen und die Sonne kam hinter den Wolken hervor. »Ihr könnt eure Hosen bei mir trocknen, ich leihe euch Jogginghosen. Ich glaube, wir müssen tatsächlich die Nacht in der Bibliothek verbringen. Nur dort werden wir das Geheimnis des Buches lüften.«

»Na toll, dann gammeln wir also alle drei in diesen Dingern bei dir herum. Das klingt nach wunderbaren Aussichten.« Maybritt klang verstimmt.

»Hast du eine bessere Idee?«, fragte Helge. Da weder Lia noch Maybritt etwas anderes einfiel und keine der beiden Lust verspürte, mit nassen Klamotten herumzulaufen oder zuerst jeder für sich nach Hause zu fahren, stimmten sie schließlich widerwillig zu. Helge bot ihnen an, die Hosen im Wäschetrockner zu trocknen, was die Mädchen gnädiger stimmte.

Gesagt, getan. Helge verteilte sein Kontingent an Jogginghosen, dann kochte er eine Kanne Tee. »So, und nun folgt unser Schlachtplan«, bestimmte er.

Lia nickte. »Du kundschaftest in den nächsten Tagen aus, wo sich der Dachbodenschlüssel im Vossenhus befindet. Mache ich das, fällt es zu arg auf. Du gehst allein dorthin.«

Helge machte sich ein paar Notizen. Es galt, alles sehr sorgfältig vorzubereiten, damit nichts schiefging. Schließlich wollten sie nicht als Einbrecher dastehen, sondern nur erforschen, was es Mysteriöses gab.

»Wir stehlen ja den Schlüssel nicht, leihen ihn lediglich aus«, erklärte Lia.

»So kann man es auch sehen«, grinste Maybritt, und zum ersten Mal, seit Lia sie kannte, blitzten ihre Augen vor Abenteuerlust. Sie hatte ganz offensichtlich richtig Spaß an der Sache. »Schließlich ist das etwas anderes als sonst. Hat was von Ghostbusters, also Geisterjägern; das wäre nun wirklich schade, würde ich mich drücken, oder?«

»Wenn ich weiß, wo der Schlüssel zu finden ist, dann machen wir was?«, nahm Helge das Gespräch wieder auf.

Lia nagte an der Unterlippe. »Dann suchen wir einen Termin, wir sollten uns gegenseitig ein Alibi verschaffen. Eure Eltern müssen denken, dass ihr bei dem anderen schlaft. Ist das geklärt, gehen wir einzeln am späten Nachmittag in die Bibliothek.«

»Warum das?«, fragte Maybritt.

»Wenn wir erst kurz vor Schließung da aufschlagen, könnte es viel eher sein, dass sich Frau Meyer, Frau Wiesel oder Sina an uns erinnern.«

Helge stimmte zu. »Klingt nach einem guten Plan. Aber wo soll man sich verstecken? Die Toiletten werden bestimmt kontrolliert.«

Lia glitt ein verschmitztes Lächeln übers Gesicht. »Kennt ihr den Veranstaltungsraum?«

Die beiden nickten. »Und dahinter ist dieses kleine Büro«, ging Helge ein Licht auf.

»Das Büro, in das kaum jemand reinschaut und wo man sich supergut verstecken kann, wenn man will«, ergänzte Lia. »Ich finde mich überaus genial!«

»Ausnahmsweise stimme ich dir mal zu«, grinste Maybritt, und die drei klatschten ein. Nun mussten sie es nur noch in die Tat umsetzen, und dann konnte das Abenteuer mit dem verwunschenen Buch weitergehen.

13. Kapitel

Vier Tage später war es so weit. Kenos Mutter hatte zugestimmt, dass der bei Helge übernachten durfte, weil Ferien waren. Der wiederum hatte seinen Eltern gesagt, er bleibe mit Maybritt bei Lia, und so würde sie in der Nacht keiner vermissen. Dieser Teil des Plans ging schon mal auf.

Helge hatte sich wie immer als zuverlässig erwiesen. In den Tagen zuvor hatte er ausgekundschaftet, wo Frau Meyer den Schlüssel für den Dachboden aufbewahrte. Er musste ihn sich nur gleich nehmen und hoffen, dass niemand mehr am Nachmittag hinaufwollte.

»Ist unwahrscheinlich«, hatte Lia gesagt. »Frau Meyer geht dort nicht hin, weil sie immer niesen muss, und Frau Wiesel und Sina haben um diese Zeit frei, die sind nur morgens oben. Es ist völlig ungefährlich.« Lia sah ihrem Freund an, dass er hoffte, sie habe recht.

Keno war ziemlich blass, als sie sich zur Bibliothek aufmachten. Nur Maybritt tauchte einfach nicht auf. Lia versuchte mehrfach, sie anzurufen, aber sie ging nicht ans Handy und war auch bei WhatsApp lange nicht online gewesen. »Wo steckt sie nur?«

»Vielleicht hat Maybritt es mit der Angst zu tun bekommen?«, mutmaßte Helge.

»Ausgeschlossen ist das nicht«, stimmte Lia ihm zu. Maybritt konnte überaus ängstlich sein. »Wir fahren nun los, sonst wird es zu spät und unser Plan kippt. Falls sie doch mitmachen will, weiß sie ja, wo sie uns findet.«

Jeder von ihnen hatte einen Rucksack auf dem Rücken, in dem sich Taschenlampen, Getränke und eine Decke befanden. Vorsichtshalber trugen alle dicke Socken und hatten eine Winterjacke an. Auf dem Dachboden war es um diese Zeit nachts sicher empfindlich kühl.

»Ich bin so gespannt, ob wir einen Hinweis auf den Schatz finden, ob es ihn tatsächlich gibt«, freute sich Lia.

»Das ist alles gut und schön, aber was ist, wenn die Personen aus dem Buch in die Wirklichkeit treten?« Kenos Stimme zitterte.

»Das werden sie ganz bestimmt nicht tun«, beruhigte Helge ihn. »Wir klären heute Nacht, was es mit dem großen Geheimnis auf sich hat, und danach ist der Fall locker gelöst. Ich freu mich auf das Abenteuer. Dieses Rätsel, das hat was!«

»Wenn uns Frerk und Hein nicht vorher umbringen«, argwöhnte Keno. »Ich sollte das Buch allein lesen, um seinen Besitz und mein Erbe zurückzuerlangen. Nun habe ich euch eingeweiht, das wird er mir bestimmt nicht verzeihen. Und wer weiß, wie Hein und Frerk darauf reagieren.« Das Zittern seiner Stimme hatte sich von Wort zu Wort verstärkt.

»Es gibt keine Geister«, erklärte Helge. »Habe ich doch eben schon gesagt. Das vergiss mal schnell.«

»Genau, alles hat eine natürliche Erklärung«, ergänzte Lia. Mit Helge an ihrer Seite fühlte sie sich stark und wenn sie ihn so reden hörte, war sie nur zu gern bereit zu glauben, dass an der Geistergeschichte nichts dran war.

»Schade, dass Maybritt heute nicht dabei ist.« Helge warf einen Blick auf die Armbanduhr. »Es wäre einfacher gewesen, weil sie diese merkwürdige Schrift wenigstens gut lesen kann.«

Lia pflichtete ihm bei. »Es hätte uns viel Zeit erspart.« Sie musterte den Himmel, der sich merklich verdunkelt hatte. Eine von Regen schwangere, düstere Wolke näherte sich Norden. Die Nacht würde ungemütlich werden, denn auch der Wind hatte tüchtig aufgefrischt. Lia war froh, als sie den Marktplatz umrundeten und das Vossenhus auftauchte. Sie stellten die Räder nicht direkt an der Bibliothek ab, das wäre zu auffällig gewesen. Ein Stück weiter an der Volkshochschule fanden sie einen besseren Fahrradständer. »So, ihr Lieben«, sagte Lia zufrieden. »Es kann losgehen. Ich freu mich so. Endlich mal wieder etwas los!« Anschließend musterte sie das Gepäck, denn sie durften nicht so schwer beladen im Vossenhus auftauchen. »Wenn jemand fragt: Wir kommen vom Sport und schleppen noch die Sachen mit. Alles klar?« Die anderen nickten zustimmend.

Gerade, als sie sich auf den Weg machen wollten, schoss Maybritt um die Ecke. »Ich kann euch doch nicht allein lassen!«, rief sie aus. »Meine Eltern vermuten mich nun auch bei dir. Wir sind schon ein merkwürdiger Haufen«, stellte sie mit einem Blick auf ihre Freunde fest.

»Du bist spät!«, tadelte Lia sie.

Maybritt ignorierte das, nahm ihren Rucksack vom Gepäckträger und sagte. »Ich bin die Einzige, die diese vermaledeite Schrift recht schnell entziffern kann. Also braucht ihr mich. Keine Widerrede. Erst wenn wir wissen, was in dem Buch zu finden ist, werden wir herausbekommen, wer der Engländer wirklich ist und was Frau Wiesel damit zu tun hat.«

Die vier betraten das Vossenhus unbemerkt, weil zufällig niemand an der Ausleihe stand. Außer Vossi natürlich, und Lia glaubte noch immer, er zwinkere ihr zu. Irgendwie gab es ihr ein gutes Gefühl, fast so, als würde er die vier beschützen. Sie huschten ins obere Stockwerk in die Jugendbibliothek und benahmen sich zunächst so, als wollten sie sich ein wenig umsehen. So fielen sie inmitten der anderen Kinder nicht auf.

Lia spähte aus, ob sich Frau Meyer im Büro befand. Als die Luft rein war, schlich Helge dort hinein und steckte den Dachbodenschlüssel in die Hosentasche. Lia stand Schmiere, während sie Keno und Maybritt angewiesen hatte, sich weiter ganz unauffällig mit den Büchern zu beschäftigen. Als Helge mit erhobenem Daumen wieder in der Jugendbibliothek stand, war die zweite Hürde genommen. Nun galt es, gut und sicher auf Tauchstation zu gehen, was die schwierigste Aufgabe war. Bis dahin mussten sie sich in Geduld üben, so tun, als sei nichts, aber auch gar nichts.

Nach und nach wurde es ruhiger im Vossenhus. Es war an der Zeit, sich in ihr abgesprochenes Versteck zurückzuziehen. Lia hatte die Tür schon vorsichtig einen Spalt geöffnet und sich ganz unauffällig umgeschaut, ob der Plan aufgehen würde. Der Raum war glücklicherweise mit allem möglichen Krempel vollgestellt. Auf dem Schreibtisch stapelten sich Aktenordner, auf den Stühlen Kisten. Auch in den Ecken des Büros lagen Dinge herum. Lia war zufrieden: Das war ein guter Schlupfwinkel. Ihr Einfall war wie immer genial gewesen. Sie winkte ihren Freunden. »Los, wir müssen uns verschanzen!«

Die vier huschten in das Büro, schoben die Kartons vorsichtig so, dass sie sich dahinter verbergen konnten. Lias Herz klopfte zum Zerspringen, und sie erkannte, dass es ihren Freunden ähnlich erging. Keiner von ihnen würde das jemals zugeben.

Plötzlich ertönte Sinas Stimme.

»Verdammt, was tut die denn hier?«, raunte Lia, aber Helge legte den Zeigefinger an den Mund und gebot ihr, besser zu schweigen. Auf der Treppe schlurften Schritte, wie immer knarrten die Stufen.

»Frau Meyer macht ihre abschließende Runde«, hauchte Lia.

Helge runzelte besorgt die Stirn. Lia verstand und presste die Lippen aufeinander. Er hatte ja recht. Wie dumm wäre es, wenn sie sich durch ihr Geplapper verriet. Die Schritte verhielten vor Frau Meyers Büro, der Lichtschalter klackte, und die Kinder hörten das Schließen der Tür. »Wissen Sie, wo Vossi ist? Haben Sie ihn mit runtergenommen?«, hörten sie Sinas Stimme. Nicht Frau Meyer drehte ihre Runde, sondern die Praktikantin.

»Nein, ich weiß nicht, wo er ist. Aber er wird schon wieder auftauchen. Wir suchen ihn morgen. Ich habe gleich einen Termin und keine Zeit mehr.«

»Ist gut!«, antwortete Sina. Ihr Schritt näherte sich dem Veranstaltungsraum. Die vier duckten sich, versuchten, sich so still wie möglich zu verhalten. Lia hoffte und betete, dass keiner von ihnen niesen musste, keinem ein Bein einschlief und er es nicht mehr aushielt. Und vor allem hoffte sie, dass Keno ruhig blieb, denn der zitterte wie Espenlaub.

Die Tür wurde sacht aufgemacht. »Soll ich hier oben abschließen?«

»Ja, bitte!«, tönte Frau Meyer von unten.

»Okay, kein Problem!« Die Tür schloss sich ruckartig.

So ein Mist, dachte Lia. Wenn sie uns hier einschließen, war alles, wirklich alles umsonst. Sie sah an den Gesichtern der anderen, dass sie das Gleiche dachten. Bevor der Schlüssel sich im Schloss drehte, klingelte das Telefon.

»Kannst du eben drangehen?«, rief Frau Meyer von unten. Die vier hielten noch immer den Atem an. Sina hatte nicht in den Raum geschaut, sie würde niemanden gesehen haben.

»Ja, mach ich. Ich hoffe, es dauert nicht allzu lange, ich habe es nämlich auch eilig.« Sina kehrte um und ging zurück in Frau Meyers Büro, die Tür sprang wieder einen Spalt breit auf.

Nun drangen Satzfetzen an die Ohren der Kinder. Es schien kein wichtiges Gespräch zu sein, vielmehr klang es so, als versuche Sina, den Anrufenden abzuwimmeln. Man merkte ihrer Stimme die Eile an. Schließlich ertönte das erwartete »Tschüss«, und Sina legte auf.

Lia, Helge, Maybritt und Keno lauschten in die merkwürdige Ruhe, die sich nach dem Telefonat über das Vossenhus gelegt hatte. Lia schloss die Augen. Gleich würde ihr wunderbar zurechtgelegter Plan wie eine Bombe zerplatzen, weil sie diese Kleinigkeit nicht in Betracht gezogen hatte.

Sina schien nun aus dem Büro zu treten, sie hörten ihre Schritte abermals und auch das Klacken der Bürotür.

Von unten rief Frau Meyer. »Alles okay? Kommst du? Ich möchte abschließen. Selbst ich sehne mich nach einem geruhsamen Feierabend.«

»Ja, klar, ich habe Ihnen nur kurz aufgeschrieben, welche Bücher Sie morgen verlängern sollen, die PC´s sind ja schon aus.«

Das Licht im oberen Stockwerk erlosch. Sina polterte die Treppen hinunter. Sie hatte vergessen, dass sie das kleine Büro abschließen wollte. Die Kinder hörten das Klackern des Schlüsselbundes, danach knackte es, und die Tür der Bibliothek ging mit einem endgültigen Rumsen zu. Gleichzeitig legte sich eine eigenartige Stille über die Räume. »Gespenstisch«, hauchte Lia.

Eine Weile verharrten die vier noch in ihrem Versteck, es war sicherer, abzuwarten, ob keiner zurück ins Vossenhus kam. Schließlich schob Lia die Decke vorsichtig beiseite und stand auf. »Die Luft ist rein. Sie sind tatsächlich weg, und wir können loslegen. Hürde Nummer drei ist auch überwunden, und das war die schwerste.«

»Glaub ich nicht«, unkte Keno. »Heute Nacht werden uns Ferk und Hein begegnen. Wir haben sie als Feinde.«

»Hier wird keine Trübsal geblasen, Keno«, lachte Helge. »Ich vermute, das größte Hindernis folgt morgen, wenn wir unbemerkt aus diesem Gemäuer verschwinden sollen.«

Lia winkte ab. »Wir verduften, bevor sie öffnen, das wird nicht schwer.« Wie sie hier morgen verschwinden wollten, fand sie nun wirklich zweitrangig, denn bis dahin hätten sie das Geheimnis des merkwürdigen Buches lange gelüftet. Da konnte es ihr fast gleichgültig sein, ob man sie entdeckte oder nicht. Das bisschen Ärger würde sie dafür in Kauf nehmen. Außerdem war sie im Moment wesentlich erpichter darauf zu erfahren, ob diese Büchergeister tatsächlich dem Werk entstiegen. Das war wirklich der aufregendste Fall, den sie hatten je lösen müssen. Wer von ihren Freunden hatte schon mal mit Geistern zu tun gehabt? »Worauf warten wir noch?« Lia schnappte ihren Rucksack. »Auf ins Abenteuer!«

»Vielleicht kommt Sina doch zurück?«, flüsterte Keno. »Lass uns bitte warten!« Er wirkte so blass, dass Lia befürchtete, er falle vor lauter Aufregung gleich um.

»Wie lange denn?«, fragte sie dennoch genervt nach. »Bis morgen früh, wenn hier der Betrieb wieder losgeht? Oder so lange, bis wir verfaulen? Die wollen freihaben, das werden sie schon nicht tun.«

Helge griff nach ihrem Arm. »Lass uns noch fünf Minuten warten, bitte! Keno hat recht. Sie könnten etwas vergessen haben, und falls sie uns dann finden, war alles umsonst. Also: Ruhe bewahren! Wir haben die ganze Nacht Zeit.«

Lia setzte sich schweren Herzens wieder. Da es ruhig blieb, die Stille nur vom leisen Rauschen in den Heizkörpern durchbrochen wurde, wagten sie schließlich, den Raum zu verlassen. »Die Sachen bleiben zunächst unten«, bestimmte Helge und ging voraus. Plötzlich grinste er und wies mit dem Kopf in die Ecke des Veranstaltungsraumes, denn dort saß der Bibliotheksfuchs mit schräg geneigtem Kopf. »Ich glaube; der möchte auch auf Geisterjagd gehen!« Helge schnappte sich Vossi und drückte ihn dem verdutzten Keno in die Hand. »Hier, der passt auf dich auf. Ich bin mir ganz sicher, dass Hein und Frerk Füchse nicht besonders mögen.«

Keno widersprach nicht. Er schien eher dankbar, sich an etwas festhalten zu können.

Sie schlichen hinauf, an der Tür fingerte Helge den Schlüssel aus der Hosentasche und steckte ihn ins Schloss. Lia betete, dass er wirklich den richtigen erwischt hatte. Die Pleite wäre unvorstellbar, denn das Büro von Frau Meyer hatte Sina mit Sicherheit abgeschlossen. Die Tür aber knarzte und sprang glücklicherweise auf.

Den vieren schlug ein leicht muffiger Geruch entgegen. Helge knipste die Taschenlampe an und leuchtete die Bücher ab, die in den Regalen standen. Teilweise waren sie mit Aufklebern versehen, wie man es von Buchrücken in Bibliotheken so kannte. Obwohl sie zum Teil schon einsortiert waren, wirkte der gesamte Gründungsbestand unaufgeräumt.

Maybritt fuhr mit der Rückseite des Mittelfingers über die Einbände. »Solche Schmöker haben etwas Geheimnisvolles«, flüsterte sie. »Sie bergen Dinge, von denen wir nicht einmal ahnen. Ich liebe Bücher und noch mehr, wenn sie so altersschwach sind wie diese hier.«

Lia hielt derweil Ausschau nach dem blauen Umschlag. Das war die einzige Lektüre, die sie interessierte, sie konnte Maybritts Schwärmerei nichts abgewinnen. Lia vermutete, dass es sich unter der Schutzfolie befand, wo die bereits katalogisierten Bücher lagen. Sie suchte jeden einzelnen Band mit den Augen ab. »Wo ist es bloß?«, fragte sie. Es war wichtig, es bald zu finden, immerhin wollten sie die Nacht mit Lesen und nicht mit Suchen verbringen.

Helge, Maybritt und Keno durchforsteten die anderen Regale, bis Keno schließlich freudig aufschrie. »Ich habe es!« Mit zittrigen Fingern zog er das Buch heraus. Dafür legte er sogar Vossi einen Augenblick beiseite. Seine Wangen leuchteten, keine Spur war mehr von der vorhin noch krankhaften Blässe zu sehen. Er schlug den Anfang auf. »Das ist es! Das ist es tatsächlich. Ich bin so aufgeregt!«

Lia entwand es ihm. »Nun beruhige dich mal. Wir werden es uns jetzt gemütlich machen, und Maybritt wird daraus vorlesen.«

»Und wo?«, fragte Helge. Er sah sich skeptisch um. Der Raum mit dem Gründungsbestand der Bücher wirkte alles andere als einladend. Lia wies mit dem Kopf zu einer hellen Tür. »Da gehen wir hin! Das hat auch den Vorteil, dass wir nicht so leicht entdeckt werden. Und es ist fantastisch gruselig dort. «

Ihre Freunde sahen sie fragend an. »Du willst die Nacht wirklich auf dem zugigen Dachboden verbringen? Geht's noch?« Helge wirkte äußerst skeptisch.

»Na, wo denn sonst?«, begann sie. »Wir haben Decken, Proviant und dickes Zeug mit. Unten in der Bibliothek zu bleiben, ist viel zu gefährlich. Man könnte das Licht sehen, und womöglich alarmiert jemand die Polizei. Der Dachboden aber weist sämtliche Nischen und Verstecke auf, wohin wir uns im Notfall flüchten können. Optimal, um in einem verwunschenen Buch zu schmökern. Los, schnappt euch eure Sachen!«

Ihre Freunde gaben nur widerwillig nach, huschten dennoch hinunter und holten ihre Rucksäcke und Decken. Maybritt und Helge war nach wie vor anzusehen, dass sie der Idee nichts abgewinnen konnten, aber sie widersprachen Lia nicht. Wenn die sich etwas in den Kopf gesetzt hatte, zog sie es konsequent durch, und jeglicher Widerstand war zwecklos.

Als alle mit ihrem Gepäck zurückkamen, ging Lia voraus, ließ ihre drei Freunde ein und sperrte die Tür hinter ihnen zu. Das laute Klacken ließ alle zusammenzucken. Als sie den Gründungsbestand verließen und auf den eigentlichen Dachboden kamen, schlug ihnen der typische Mief entgegen. Obwohl es draußen noch hell war, wirkte es dämmerig. Gruselig. Wenig anheimelnd. Und viel zu kalt, denn der Wind pfiff durch die nicht isolierten Dachpfannen. Diese Widrigkeiten hatte Lia gewaltig unterschätzt, doch das würde sie niemals zugeben. Alle zerrten augenblicklich ihre dicken Pullover aus den Rucksäcken. »Ich weiß nicht, ob ich das hier lange aushalte!«, hauchte Maybritt.

Lia sagte lässig: »Das müssen wir aushalten. Eine Arktisexpedition wäre unangenehmer.« Sie drückte den Lichtschalter, und ein funzeliges Licht erhellte die kleine Ecke, in der sie sich niedergelassen hatten. »Das können wir wohl wagen! Das merkt sicher keiner, denn diese Miniglühbirne fällt kaum auf«, bestimmte sie.

Helge schlug vor, dass sich jeder auf seine Jacke legen sollte. »Darüber breiten wir die Decken in Schichten und rücken eng zusammen, damit es nicht so kalt wird.«

Es dauerte eine Weile, ehe sie sich so positioniert hatten, dass es zum einen ausreichend warm und zum anderen bequem war.

Helge hielt zusätzlich die Taschenlampe, er war schlau genug gewesen, an Handschuhe zu denken.

Streber, schoss es Lia durch den Kopf, aber sie sagte es lieber nicht laut. »Und jetzt lies, Maybritt!«, drängte sie.

Das tat ihre Freundin. Mit jedem Wort bildete sich eine weiße Wolke vor ihrem Mund. Erst zog sich die Geschichte hin wie zäher Kaugummi, und die Kinder hatten Mühe, sich bei der Kälte darauf zu konzentrieren. Nirgendwo war ein Hinweis auf den vermeintlichen Schatz zu finden. Es war eben eine der alten Schmugglerlegenden, wie man sie in Norden erzählte.

Maybritts Stimme floss in ruhigem Ton über ihre Lippen. Jetzt aber erhob sie sie, denn der Engländer vermisste seinen Reichtum, den er Frerk und Hein anvertraut hatte. Kenos Ohren wurden knallrot, Helge biss sich auf der Unterlippe herum und knipste an seinem Fingernagel.

»Nun wird es spannend, endlich«, unterbrach Maybritt.

»Nicht aufhören!«, forderte Lia sie auf.

Maybritt las weiter. Sie war ganz im Text, ihre Stimme zitterte kein bisschen.

»Wo sind diese verdammten Kerle?«, schrie der Engländer und ergriff einen der Seeleute am Schlafittchen. »Ich habe ihnen das Wertvollste, was ich besaß, anvertraut und nun sind sie in der Nordsee verschollen?« Er sah den Mann an, der ihm die Botschaft überbracht hatte. »Oh nein, ihr Strauchdiebe. Ihr lügt! Bestimmt sind die beiden mit meinem Hab und Gut abgehauen, Sie haben ganz sicher keinen Schiffbruch erlitten. Ihr steckt alle unter einer Decke und habt es nur darauf angelegt, mir mein Hab und Gut zu stehlen! Wo ist dieser verdammte Schatz?«

Maybritt unterbrach mit blassem Gesicht, ihre Worte klangen auf unheilvolle Art und Weise nach. Niemand sagte etwas.

Schließlich hielt Lia es nicht mehr aus und wiederholte: »Wo ist der verdammte Schatz?«

Keno packte ihren Arm. »Sag es nicht noch einmal, bitte! Ich habe solche Furcht, dass gleich Hein und Frerk hier stehen.«

Dieses Mal widersprach keiner. Es war mittlerweile dunkel geworden. Von der Straße her drang kaum ein Laut nach oben. Es schien, als hätte Norden sich schlafen gelegt und einzig die Kinder waren wach geblieben. »Lies dennoch weiter!«, forderte Lia sie auf. »Ich will die ganze Geschichte kennen, und ich glaube auch zu wissen, wie sie weitergeht.«

Maybritt seufzte. »Also gut. Aber zuerst muss ich etwas essen und trinken. Mein Hals ist vom Lesen so trocken.«

Jeder kramte seinen mitgebrachten Proviant aus dem Rucksack. Der Imbiss beruhigte die Gemüter, sogar Keno zitterte nicht mehr. »Wir sollten keine Zeit verlieren! Seid ihr so weit?« Lia rutschte unruhig auf ihrer Jacke hin und her.

Doch bevor Maybritt beginnen konnte, schlug die Kirchturmglocke der Ludgerikirche zwölfmal. Mit jedem Schlag schien es kühler zu werden, die Welt stillzustehen, den Atem anzuhalten. Etwas stimmte hier im Vossenhus nicht. Etwas war verdammt sonderbar.

Lia griff unwillkürlich nach Helges Hand, der fest zurückdrückte. Sie sah, dass Keno sich dicht an Maybritt gekuschelt hatte. Die ganze Szenerie wirkte unwirklich, und kurz dachte Lia, es wäre besser gewesen, wenn sie doch die Finger von alldem gelassen hätten.

»Hier ist etwas!«, bibberte Keno. »Ich habe solche Angst. Gleich kommen die hierher, und das werden wir nicht überleben, bestimmt nicht! Die holen uns! Der Engländer hat es gesagt. Er hat es gesagt!«

»So ein Blödsinn!« Lias Stimme war nicht so fest, wie sie es wünschte. Dennoch brannte sie innerlich vor Aufregung, denn sie waren mal wieder einer ganz großen Sache auf der Spur. Sie liebte das. »Lies weiter, Maybritt!«

Die zögerte. Helge hob die Hand. »Warte noch. Ich glaube, ich habe da etwas gehört.«

»Klar, ist schließlich Geisterstunde«, frohlockte Lia. Sie ignorierte sowohl das einsetzende Herzrasen als auch die Schweißausbrüche. Niemals würde sie vor ihren Freunden zugeben, wie sehr sie sich fürchtete.

»Ich habe solche Angst!«, schlotterte Keno. »Sie werden uns gleich holen. Wir werden den Dachboden ganz sicher nicht lebend verlassen. Ich will zu meiner Mami!« Er schluchzte auf und legte sich die Hände vors Gesicht, was Maybritt dazu verleitete, ihn wie ein kleines Kind in den Arm zu nehmen und hin und her zu wiegen. »Vielleicht sollten wir uns unter den Decken verstecken? Dann wird die Luft zwar schlecht, aber man sieht den Schein der Taschenlampe von draußen nicht.«

»Das ist auch kein Weg«, wimmerte Keno. »Die kommen überall hin. Ich will mit dem Schatz nichts mehr zu tun haben, versteht ihr?«

Lia schlug mit der geballten Faust auf die Dielen. »Es reicht! Keno, knutsche mit Vossi und jammere nicht herum! Maybritt, bitte lies den Rest. Wir müssen diese Nacht fertig werden.«

Ihre Freundin blickte sie verunsichert an, griff schließlich zögernd nach dem Buch. Sie las weiter. Stockte aber kurz darauf, weil das kleine Licht zu flackern begann. Die Lampe war mit einem langen Kabel nach unten hin verbunden. Es zuckte auf, erlosch, bis es erneut aufleuchtete. Keno wollte schreien, doch Helge drückte ihm die Hand auf den Mund. »Halt die Klappe, das ist nichts!«

»D ... D... da sch ... ind Frerk und Hein«, klang Kenos Stimme dumpf zwischen Helges Fingern hindurch.

Wieder flackerte das Licht. Lia presste die Lippen zusammen, weil sie sich nicht von Kenos Panik anstecken lassen wollte. Dennoch war es genauso wie an dem Abend bei ihr zu Hause. Was war, wenn der Kleine nicht irrte und einer der drei Untoten – oder gar allesamt – doch dazu in der Lage waren, in der Wirklichkeit herumzugeistern. Lia schluckte den aufkommenden Kloß im Hals hinunter. Für das Flackern ihrer Lampe hatte es eine ganz natürliche Erklärung gegeben. Eine Sicherung war durchgebrannt, mehr nicht. Und das verschwundene Buch war schließlich bei Tant' Greta aufgetaucht. Auch für diesen Lichterzirkus würde es einen Grund geben. Ganz sicher! Sie hoffte inständig, dass es wirklich so war.

Die vier blickten dennoch ängstlich zu der Birne, die nun wieder hell aufglühte.

»Was ist das?«, hauchte Lia. Ihre Zähne klapperten wie wild.

»Na, wer wohl«, antwortete Keno. »Ich habe es doch gesagt!« Er zitterte noch mehr als Lia und tat ihr beinahe leid.

»Die können nicht auftauchen«, sagte Helge bestimmt. »Es gibt definitiv keinen Spuk.«

Als ob das Gegenteil bewiesen werden sollte, flackerte das Licht einen Augenblick später erneut, bis es knallte und die Birne der Lampe durchbrannte.

Maybritt schrie auf, Lia kniff die Augen fest zusammen, vor allem, als nun auch laute Schritte über das Holz polterten. Es klang, als ziehe jemand sein Bein nach.

»Ich halte das nicht aus«, keuchte Keno, sprang auf und hechtete zur Dachbodentür, Vossi im Schlepp. Er stob die Holztreppe so rasant nach unten, dass es sich anhörte, als fiele er die Stufen hinunter. Lia, Maybritt und Helge aber blieben regungslos sitzen. Ein paarmal waren die Tritte noch zu vernehmen, dann schrie Keno auf, und es war beunruhigend leise.

»Da ist was passiert«, flüsterte Maybritt. »Da ist ganz sicher etwas passiert!«

»Frerk und Hein oder dieser Engländer«, hauchte Lia. Ihr wurde eiskalt. Auf was hatten sie sich da eingelassen? Hatte Keno doch recht mit seinen Vermutungen? Die drei wagten nicht, den Blick zu heben. Sie hielten einander an den Händen und warteten, ob noch irgendeines der Geräusche zu hören war. Die Stille legte sich gespenstisch über die Freunde. Lia hatte sich in ihrem ganzen Leben noch nie so gefürchtet.

Um ein Uhr drang der Schlag der Kirchenglocke erneut herüber. »Bis ein Uhr ist Geisterzeit«, flüsterte Lia. »Ist der Spuk wirklich schon vorbei?«

»Es gibt keine Geister«, wiederholte Helge nachdrücklich. »Wir sollten jetzt nachsehen, wo Keno abgeblieben ist. Wir Feiglinge haben bereits viel zu lange gewartet. Nachher liegt er unten verletzt herum, und wir Nasen fürchten uns vor imaginären Gespenstern, Untoten oder was auch immer.«

»Aber da war dieses Flackern. Genauso war es bei mir zu Hause«, hob Lia an, doch Helge schnitt ihr das Wort ab. »Ganz sicher ist hier, genau wie bei dir, nur die Sicherung rausgesprungen. Wir haben uns von Keno verrückt machen lassen. Er ist so verängstigt, dass er gar nicht mehr klar denken kann.«

»Nun ja, es wirkte schon ziemlich echt«, warf Maybritt ein. Ihre Augen stachen aus dem fast weißen Gesicht hervor. Sie fürchtete sich genauso wie Lia. Helge aber hatte sich wieder vollends unter Kontrolle und beherrschte die Situation. »Weil Keno solchen Mumpitz erzählt, deuten wir nun alles als Spuk. Kommt jetzt! Wir gehen runter und dann nichts wie weg hier!« Helge stand auf und reichte Lia die Hand.

»Und das Buch? Noch wissen wir nicht, was es mit dem Schatz auf sich hat.« Egal, was da eben passiert war, Lia wollte das Rätsel lösen. Denn ihr Freund hatte recht. Es gab keine übernatürlichen Phänomene. Sie hatte sich eben ins Bockshorn jagen lassen. Allerdings war es möglich, dass es diesen Schatz gab, und das galt es herauszufinden.

»Steck's ein!«, forderte Helge Lia auf. »Lies es zu Ende, viele Seiten sind es ja nicht mehr, und dann bringst du es unauffällig zurück.«

Maybritt nickte Lia aufmunternd zu, und so suchte sie das Buch, doch es war verschwunden.

»Das hat Keno mitgenommen«, meinte Maybritt. »Er wollte nicht, dass wir es weiterlesen.«

Lia stimmte ihrer Freundin zu. Helges selbstsichere Worte hatten Lia gutgetan und sie beruhigt. Das Zittern ihrer Hände war vorbei, nun war sie wieder in der Wirklichkeit angekommen.

Helge war bereits auf halbem Weg zur Treppe. »Nun kommt! Ich glaube, wir müssen unserer Schissbüx da unten Beistand leisten.«

Lia nahm ihm diese Abgebrühtheit nicht ab. Trotz aller klaren Worte sagte sein Gesicht etwas ganz anderes. Helge hatte ähnliche Angst wie sie und Maybritt gehabt. Die Mädchen folgten ihm, doch plötzlich zupfte ihn Lia am Arm. Sie glaubte, ein Rascheln gehört zu haben.

Helge streifte ihre Hand ab und wirkte verärgert. »Was ist denn jetzt schon wieder?«

»Da war eben ein Geräusch. Und was ist, wenn nicht Keno das Buch hat, sondern …«

Helge blieb stehen, sah Lia an und verdrehte die Augen. »Nun höre mal schön zu! Falls das Buch unten nicht auftaucht, wird Keno der Hunger übermannt haben und er hat es verspeist. Dann können Hein und Frerk von jetzt an in seinen Gedärmen spuken.«

»Sehr witzig«, konterte Lia. »Ich hoffe, er hat von McDonalds noch eine Packung Ketchup in der Tasche. Buchseiten schmecken recht dröge, und alte wie die vom Schmugglerbuch haben zudem einen herben Nachgeschmack.« Mit strammem Schritt stapfte sie nun nach unten. Sie erkannte sich selbst nicht wieder, weil ihre Gedanken so hin und her sprangen. Helge nahm es leicht. »Mensch, Lia, dein bissiger Humor ist ja wieder da!«

»Hauptsache, du glaubst selbst an das, was du von dir gibst«, knurrte Lia. Mittlerweile waren sie unten in der Bücherei angelangt.

14. Kapitel

In den Räumen der Bibliothek war es erheblich wärmer als auf dem Dachboden. Helge zog die Tür fest hinter sich zu. »Die Klamotten holen wir später, und sei sicher, dass wir das Buch gleich bei Keno finden werden.«

Lia blickte sich um, doch weder von ihrem kleinen Freund noch von Vossi war weit und breit etwas zu erkennen. »Wo steckt der nur?«

»Im Fuchsbau«, knurrte Helge.

Lia knuffte ihn mit dem Ellenbogen. »Lästere nicht so. Er ist doch noch klein!«

Die drei durchsuchten die Räume der Bibliothek, und sie fanden Keno im Büro hinter dem Veranstaltungsraum. Er hockte zusammengekauert in der Ecke, das blaue Buch auf die Knie gepresst, Vossi seitlich im Arm. Er zitterte heftig. Lia befürchtete, dass er unter Schock stand. Doch als er erkannte, dass nicht Frerk, Hein oder der Engländer hereinkamen, sondern nur seine Freunde, stand er langsam auf. Sein Gesicht war tränenüberströmt. Er wischte die Tränen mit dem Fell des Fuchses ab.

Maybritt nahm ihn augenblicklich in den Arm. »Alles ist gut, das war nur ein Kurzschluss, mehr nicht! Eine Birne ist durchgebrannt, kann vorkommen, wenn sie lange nicht benutzt oder alt sind.«

»Sicher?«

»Ganz sicher«, bestätigte sie. Lia kam die Merkwürdigkeit, mit der sich diese Phänomene häuften, in den Sinn. Weil sie aber Keno nicht weiter ängstigen wollte, würde sie sich eher die Zunge abbeißen, als dies zu erwähnen. Es gab für sie in dieser Nacht nur ein einziges Ziel: Sie mussten das Buch zu Ende lesen und die wesentlichen Hinweise auf den Schatz entdecken. Nichts anderes war wichtig. Dabei war ein verschreckter Keno einfach hinderlich. Obwohl Lia seine Angst verstand, bereute sie mittlerweile, ihn mitgenommen zu haben. Er sah aus, als würde er sich gleich übergeben.

»Wir sind noch lange nicht am Ziel. Diese Panne darf uns jetzt nicht aufhalten. Keno, gib Maybritt das Buch, wir wollen den Rest lesen, ob es dir gefällt oder nicht. Was wir begonnen haben, beenden wir. Basta!«

Zögerlich reichte Keno es herüber. Maybritt zuckte mit den Schultern. Unschlüssig blätterte sie darin herum, bis sie die richtige Seite gefunden hatte.

Lia nickte ihr aufmunternd zu. »Wir müssen jetzt mit dem Taschenlampenlicht vorliebnehmen«, bestimmte sie. »Im gesamten Vossenhus geht kein Licht mehr, und hier im Büro würde ich auch nicht wagen, es anzuschalten. Sobald wir das Buch durchgelesen haben, machen wir uns aus dem Staub. Versprochen.«

Maybritt seufzte. »Eigentlich bin ich viel zu müde dazu, aber was soll's. Dafür sind wir schließlich hier.«

»Wir lesen dennoch auf dem Dachboden weiter«, bestimmte Helge. »Mein Gefühl sagt mir, dass es in der Bibliothek nicht sicher ist.«

»Ich will da nicht mehr rauf!«, klagte Keno, ließ sich dann aber von den dreien mitschleppen. Noch immer hielt er Vossi krampfhaft umklammert.

Helge fummelte am Lichtschalter der Leuchte herum. Das war natürlich zwecklos. »Sag ich doch, dass die

Sicherung rausgesprungen ist«, bestätigte er sich selbst und suchte im Rucksack nach seiner Taschenlampe. Kurz darauf hatte er sie gefunden, und der schmale Lichtstreif erhellte den düsteren Dachboden. Eine Spinne krabbelte erschrocken über die Bodendielen. Lia biss sich auf die Lippen, um nicht aufzuschreien.

»Bereit?«, fragte Helge.

Sie ließen sich wieder nebeneinander auf dem Boden nieder und wickelten sich in ihre Decken. »Ja, kann losgehen.«

Die nächste Stunde lasen sie konsequent weiter, es ging allerdings etwas langsamer als zuvor, weil sie erneut rätselten, was das ein oder andere Wort bedeutete. Maybritt war mittlerweile so müde, dass ihr das Lesen immer schwerer fiel. In diesem Zustand war es auch für sie kniffflig, die alte Schrift zu entziffern.

Die Glocke der Ludgerikiche schlug viermal, als Helge das Buch zuschlug. Sie hatten es geschafft. »Nun, das ist eine ähnliche, wenn nicht die gleiche Geschichte, die Tant' Greta mir erzählt hat. Und diese Männer haben einen Schatz mitgehen lassen, der dem Engländer gehört.«

»Nur steht gar nicht eindeutig da, dass der sich im Vossenhus befinden soll«, vollendete Helge.

Lia war enttäuscht. Sie hatte sich von der Lektüre mehr erhofft. Herausgekommen war nur, dass Hein und Frerk vielleicht doch im Vossenhus spukten, nur hielt sie lieber den Mund und sprach ihre Befürchtungen nicht laut aus.

Helge aber schien ihre Gedanken zu erahnen. »Kurzschluss«, kommentierte er knapp. »Das war nur ein Kurzschluss. Soll in alten Häusern schon mal vorkommen.«

»Zweimal, während man in dem antiquarischen Schinken liest? Ein bisschen arg zufällig, findest du nicht?« Nun hatte Lia doch ausgesprochen, was ihr durch den Kopf geschossen war. »Noch dazu, wo es sich bei meinem Zuhause um einen Neubau handelt.«

Helge winkte ab, hatte aber ebenfalls keine Erklärung dafür. »Ist ja auch egal, sie sind schließlich nicht aufgetaucht. Oder hat einer von euch Frerk und Hein gesehen? Also können wir nach dem Schatz suchen. Er könnte sich hier oben befinden oder aber im Kellergewölbe.«

»Oder ganz woanders in Norden«, ergänzte Maybritt.

Lia krauste die Stirn. »Ich glaube, wir haben im Buch wichtige Hinweise übersehen. Bestimmt stand irgendwo, wo der Schatz versteckt ist. Sonst müssten Hein und Frerk nicht auf ihn achtgeben, wie die Legende erzählt. Denn die Geschichte ist den alten Nordern durchaus bekannt und weiß Gott kein Geheimnis.« Plötzlich hielt sie inne, sprang wie von einer Tarantel gestochen auf. »Ich hab's!«

»Was hast du?«

Lia ergriff das Buch und blätterte hektisch darin herum. »Den eindeutigen Hinweis, dass wir auf der richtigen Fährte sind.«

»Was suchst du denn?«, fragte Maybritt. »Wir sollten jetzt lieber sehen, wie wir unbemerkt verschwinden.

Lia winkte ab und suchte noch immer nach der Seite. »Ich habe es gleich. Augenblick! Nur einen winzigen Moment!« Schließlich hatte sie die Stelle gefunden. »Hier, da steht etwas von einem reichen Kaufmann, der nach Hein und Frerk gesucht hat.«

»Na und?« Helge gähnte. »Kaufleute gab es schließlich viele.«

Lia stöhnte auf. »Ihr wisst, was das Vossenhus, das Fuchshaus, für ein Gemäuer ist?«

Die anderen schüttelten die Köpfe.

»Ich weiß nur, dass es mal eine Schokoladenfabrik war«, erklärte Helge. War klar, dass er das wusste.

»Das stimmt. Aber es war zuvor das Haus des Kaufmanns Voß!«, ergänzte Lia. »Und zwar exakt zu der Zeit, als Hein und Frerk von der Nordsee verschluckt wurden oder es zumindest den Anschein hatte.«

»Du meinst …«, begann Maybritt.

»Ich meine«, grinste Lia. »Das Vossenhus, der Kaufmann und der Schatz, von dem hier die Rede ist … Wir befinden uns genau an der richtigen Stelle! Denkt doch mal an das Fuchsbild auf dem Cover!«

»Dann nichts wie suchen!«, rief Helge aus. Die Müdigkeit war mit einem Mal wie weggeblasen. Er wiegte den Kopf hin und her. »Ich durchforste den Text aus dem Archiv noch einmal. Bestimmt habe ich diese Hinweise übersehen.«

Über Lias Gesicht glitt ein verschmitztes Grinsen. »Das tu du mal. Aber egal, was du nachlesen willst: Jetzt sind wir hier und werden zu Forschern der Vergangenheit. Jede Bodendiele werden wir anheben, bis wir den Schatz finden. Auf geht's!« Lia griff nach Helges Taschenlampe.

Die Kinder erklommen die Treppe erneut.

Fieberhaft begannen sie anschließend, den Dachboden abzusuchen. Zuerst kletterten sie auf den Steg, der sich über den gesamten Speicher erstreckte. Immer wieder rieselte Staub herab und brachte die Kinder zum Niesen. Dann hing ihnen ein klebriges Spinnengewebe im Gesicht, das sich nur mühsam entfernen ließ. »Hier oben ist nichts, wo man etwas verstecken könnte«, sagte Helge.

Keno gähnte.

»Können wir nach unten gehen?«, fragte Maybritt. »Keno kann sich ja kaum auf den Beinen halten. Ich möchte ihn nur nicht alleine lassen.«

Lia nickte. Solange Keno nicht herumjaulte, war ihr alles gleich. Und wenn Maybritt ihre mütterliche Ader ausleben musste: Hauptsache, sie kamen voran.

Maybritt und Keno trollten sich nach unten. Der Junge wankte tatsächlich schon bedenklich und schien bereits im Laufen einzuschlafen. Als sie verschwunden waren, nickte Lia Helge aufmunternd zu. Auf ihren Freund konnte sie sich schließlich immer verlassen. »Wir müssen dahinten nachsehen!«, bestimmte sie und tastete sich vorsichtig weiter. »Hey, was ist denn das?« Die Taschenlampe erlosch. »Ich mache besser das Licht aus. An diese Fenster habe ich überhaupt nicht gedacht!«

Helge schob sich hinter Lia. Nun erkannte er, was sie hatte aufschrecken lassen. »Eine Webcam vor dem Fenster! Davon wusste ich nichts.« Er beugte sich nach vorn. Die Kamera war auf den Norder Marktplatz ausgerichtet und dokumentierte dort das Geschehen. Die Ludgerikirche war gut zu erkennen, genau wie der Glockenturm und das Flachdachglasgebäude davor. Helge überprüfte die Kamera. Sie war aus. »Der Kurzschluss hat auch sie offenbar nicht verschont.« Er sah sich um. »Ich glaube nicht, dass wir an diesem Ort einen Schatz finden. Gähnende Leere überall.«

Lia stimmte ihm zu, wollte aber noch nicht aufgeben. Nun waren sie so weit gekommen, konnten erahnen, was hinter dem Geheimnis des Buches stand, obwohl sie offensichtlich den entscheidenden Hinweis übersehen hatten. Dennoch wäre es einfach zu schade, so mir nichts, dir nichts aufzugeben.

»Ich sehe da etwas!«, rief Lia und verschwand eine kleine Treppe hinunter, die sie bislang nicht entdeckt hatten.

»Was siehst du?«

»Hier ist ein Gang unterhalb des Steges. Wer baut denn so einen merkwürdigen Dachboden mit Treppen, Abseiten und solchen Dingen?« Lia tastete sich weiter, ließ sich nicht mehr von Spinnweben und Staub abhalten. »Das gibt es doch gar nicht! Komm schnell her!«

»Bin längst da!« Helge war Lia gefolgt. Hier unten wagte sie, die Taschenlampe wieder anzumachen, denn das konnte man von der Straße aus unmöglich erkennen. »Hey, das sieht in der Tat merkwürdig aus.« Er huschte an einem zerfallenen Stuhl vorbei und steuerte geradewegs auf eine weißliche Holzkiste zu, die vor einer halb hochgezogenen Wand stand. »Ist das ein Sarg?«, fragte er grinsend, nachdem er die Kiste gründlich abgeleuchtet hatte.

»Meinst du?« Lia erschauerte. »Vielleicht liegen dort Hein und Frerk und warten nur darauf, dass wir uns nähern!« Ihre Stimme klang dumpf, und sie wusste, dass Helge ihre Furcht durchaus bemerkt hatte.

Er lachte kurz auf, doch auch das wirkte unecht. Sie brauchten sich gegenseitig nichts vorzumachen. Dazu kannten sie sich schon viel zu lange. Sie nickten einander aufmunternd zu. »Wir wagen es trotzdem«, sagte Helge, zuckte dann aber zusammen und packte Lia am Arm. »Still! Sei still! Da ist etwas!«

Jetzt hörte Lia es ebenfalls. Stimmen. Aus der Bibliothek drangen vereinzelte Wortfetzen zu ihnen herauf. »Nichts wie weg!«, zischte Helge. »Wir müssen unsere Sachen verstecken, sonst finden sie uns, falls sie hier nach oben kommen!«

Sie hasteten zurück, schnappten ihre Decken und Rucksäcke und kauerten sich neben die Treppe unterhalb des Steges. »Hoffentlich haben sich Maybritt und Keno gut verkrochen. Falls sie die beiden entdecken, laufen wir Gefahr, dass sie auch uns suchen«, wisperte Lia.

Die Stimmen kamen näher, und in den oberen Räumen der Bibliothek ging das Licht an. Lia zuckte ein weiteres Mal zusammen. Weshalb wusste sie, dass da unten die Lampe angemacht wurde, wenn die Dachbodentür geschlossen war? Konnte sie nun auch schon seltsame Phänomene erkennen? Lia schloss die Augen, öffnete sie dann vorsichtig wieder. Nun wurde ihr klar, warum sie das Licht erkannt hatte. Sie stieß Helge in die Seite und deutete mit dem Kopf auf eine Luke. Von dort schimmerte es hell. Lia robbte leise dorthin. »Das gibt es doch gar nicht«, keuchte sie. »Hier ist eine Scheibe, und von da kann man direkt in den Veranstaltungsraum gucken. Hammer, das habe ich gar nicht gewusst.«

Helge huschte an ihre Seite, und sie legten sich auf den Bauch. Es war zwar unbequem, aber so hatten sie tatsächlich diesen Teil der Bibliothek im Blick.

»Es sind zwei«, hauchte sie. »Was machen die hier? Hoffentlich finden die unsere müden Zeitgenossen wirklich nicht.«

Helge nickte nur. Er war merklich blass um die Nase geworden. Die Dielen im Vossenhus knarrten. Danach betraten zwei Männer den Veranstaltungsraum. Sie blickten sich um, und die Kinder mussten den Kopf rasch zurückziehen, damit sie nicht bemerkt wurden. »Kenne beide nicht!«, kommentierte Lia weiter.

»In der Bibliothek ist der komplette Strom ausgefallen«, hörten sie. »Aber es ist ruhig. Ich hatte schon die Befürchtung, jemand sei hier eingestiegen.«

»Lass uns auch auf dem Dachboden nachsehen, ob dort alles in Ordnung ist, denn die Webcam ist ja auch ausgefallen. Und dann: Abmarsch zurück ins Bett.« Der Mann sah auf die Uhr. »Obwohl es sich eigentlich gar nicht mehr lohnt. Es wird gleich hell.«

Das hatten Lia und Helge bislang noch gar nicht bemerkt, sie erschraken förmlich. Jetzt erkannte Lia den einen Mann, und sie rammte Helge den Ellenbogen in die Seite. »Es ist der Hausmeister«, flüsterte sie. »Dem ist die ausgefallene Cam aufgefallen. Aber wie? Es klingt doch ganz so, als hätte er bis eben geschlafen? Und wer ist der andere Typ? Ich kann ihn nicht erkennen.«

Helge bedeutete ihr, still zu sein, denn nun quietschte die Dachbodentür und die beiden Männer standen auf den alten Dielen.

»Zumindest handelt es sich nicht um Geister, der eine trägt einen Blaumann!«, grinste Lia. Helge legte seinen Zeigefinger an die Lippen. »Pst!«

»Komisch, dass die Tür nicht abgeschlossen ist!«, sagte der Hausmeister und machte einen Schritt auf die kleine Lampe zu.

Jetzt wagte auch Lia keinen Mucks mehr. Die beiden Kinder hielten die Luft an. Den zu erwartenden Ärger, wenn sie erwischt wurden, mochten sie sich nicht ausmalen.

»Da haben wir den Übeltäter. Das Licht funktioniert nicht. Die Birne ist durchgebrannt, und dadurch ist die Sicherung rausgeflogen.«

Ein weiterer Mann gesellte sich zu dem Hausmeister. Es raschelte, und er zog eine Taschenlampe aus der Hosentasche. Als das Licht kurz sein Gesicht erhellte, zuckte Lia zusammen. Sie erkannte den Mann sofort. Das gab es doch gar nicht! Was tat Martin Dom hier?

Auch Helge hatte ihn gesehen und bedachte Lia mit einem bedeutungsschweren Blick. Martin, der Historiker. Was machte der mitten in der Nacht im Vossenhus? Warum interessierte er sich um diese Zeit für eine defekte Webcam?

»Komisch finde ich, dass überhaupt Licht an war!«, sagte der gerade und leuchtete die Birne ab. »Sie kann eigentlich nur durchbrennen, wenn die Lampe angeschaltet war. Oder täusche ich mich?« Er untersuchte das lange Kabel. »Wer hat das denn so stümperhaft verlegt?«

»Sie werden wohl vergessen haben, das Licht hier oben auszumachen«, entgegnete der Hausmeister. »Glücklicherweise ist dir die kaputte Cam aufgefallen. Auch wenn ich sicher bin, dass am frühen Morgen keiner darauf achtet, ob sie an ist. Es wäre aber eben auch möglich gewesen, dass sich im Vossenhus doch Einbrecher herumtreiben.«

»War Zufall. Musste zeitig ins Rathaus in mein Büro, wollte was aufarbeiten, dabei habe ich es bemerkt. Ich bin mit der Cam vernetzt. Sozusagen als Aufsicht.«

Lia stieß Helge an und formte ein »Er ist es wirklich!«

Helge legte den Zeigefinger an die Lippen. Ihm stand die Sorge ins Gesicht geschrieben, Lia könne schon wieder zu quatschen beginnen. Sie redete so oft und so viel, dass sie auch in brenzligen Situationen vergaß, ihren Mund zu halten. Doch sie hatte verstanden.

»Ich bringe das nachher in Ordnung«, sagte der Hausmeister. »Ich gehe erst mal nach Hause, trinke einen starken Kaffee und mache mich danach ans Werk. Hier scheint ja sonst alles im Lot zu sein.« Er blickte sich noch einmal prüfend um.

»Hast recht«, bestätigte Martin ihm. Er lächelte, und jetzt fiel Lia auf, wie angespannt er zuvor gewirkt hatte.

Kurze Zeit später verließen die Männer den Dachboden. Es klackte, als sich der Schlüssel zweimal im Schloss drehte.

Lia sah ängstlich zu Helge. Der grinste sie vielsagend an, fingerte umständlich seinen Schlüssel aus der Hosentasche und ließ ihn vor Lias Nase baumeln. »Also, raus kommen wir.«

Lia gähnte. »Nichts wie weg. Es ist zu gefährlich, jetzt weiterzumachen.«

»Gleich, einen Blick werfe ich noch in den Sarg, und sei es nur deshalb, weil du gerne an die Existenz dieser zwei Geister glauben willst und ich dir damit das Gegenteil beweise.« Er huschte von dannen, Lia wartete in sicherer Entfernung. »Fehlanzeige!« Helges Stimme klang enttäuscht. »Darin wohnt keiner. Nicht der Hauch von einem Skelett, zerfallenen Knochen oder anderen Merkwürdigkeiten. Leider ist hier auch kein Schatz zu finden!«

»Jetzt nichts wie weg!«, forderte Lia ihren Freund auf. »Hoffen wir, dass die beiden gleich ihren Kaffee trinken gehen und weder Keno noch Maybritt gefunden haben.« Lia und Helge schnappten sich ihre Sachen und gingen nach unten.

Dort warteten Keno und Maybritt mit schlotternden Knien. »Mann, hab ich eine Angst gehabt«, zitterte Maybritt. »So etwas Verrücktes tue ich nie wieder!«

»Ich auch nicht«, sagte Keno. Er war zwar außerordentlich blass um die Nase, wirkte aber recht gefasst. »Ich möchte nur einfach weg von hier.«

Maybritt stopfte alle mitgebrachten Sachen in die Rucksäcke, sah sich um, ob sie nichts vergessen hatten. »Habt ihr denn noch etwas entdecken können?«, hakte sie nach.

Lia schüttete den Kopf. »Nein, unsere Suche war umsonst und erfolglos.«

»Stimmt nicht«, lachte Helge. »Da stand ein Sarg. Ohne Leiche.«

Lia knuffte ihn in die Seite, weil sie sofort Kenos ängstlichen Blick sah. »Quatsch, das war eine weiße Kiste, die so aussah, als könnte sie etwas verbergen. Das hat sich aber leider nicht bestätigt. Sie war leer.« Lia machte eine Pause. »Haben wir nun alles? Keno, leg Vossi weg, den kannst du nicht mitnehmen.«

Helge stimmte ihr zu und überlegte laut. »Das Buch hast du zurück in den Gründungsbestand gelegt, die Tür habe ich abgeschlossen. Nun werde ich den Schlüssel wieder ordnungsgemäß an den Haken in Frau Meyers Büro hängen, und dann verschwinden wir so unauffällig, wie wir gekommen sind.«

»Wobei das ja abgeschlossen ist«, sagte Maybritt. »Ich würde ihn unten neben den PC legen.«

»Ganz umsonst war die Aktion aber keineswegs«, sagte Lia, als sie tatsächlich unbemerkt aus dem Vossenhus herausgekommen waren.

Maybritt gähnte. »So, warum nicht?«

»Wir haben das Buch durch und wissen nun, dass die Wahrscheinlichkeit groß ist, den Schatz im Vossenhus zu finden, denn es ist das Kaufmannshaus aus der Zeit, und so steht es geschrieben. Und ...«

»Was, und?«, fragte Maybritt.

»Und wir haben die beiden Männer erkannt, die eben plötzlich aufgetaucht sind«, vollendete Helge Lias Satz.

Maybritt zog fragend die Brauen hoch.

»Es war der Hausmeister«, begann Lia. »Was ja nichts Besonderes ist. Aber in seiner Begleitung befand sich Martin Dom.«

»Martin Dom?« Maybritt hatte das Rad mittlerweile aufgeschlossen und ließ das Schloss sinken. »Was hat er mit dem Vossenhus zu tun?«

»Das wird eine der vielen Fragen sein, die wir in den nächsten Tagen klären werden. Ich bin ganz sicher, dass uns all das dem Schatz ein gewaltiges Stück näher bringt«, freute Lia sich.

»Und Frerk und Hein und dem Engländer«, unkte Keno. »Ich bin raus. Ich fürchte mich!«

»Wenn das Auftauchen der beiden Männer eben überhaupt mit dem Schatz zu tun hat!«, warnte Helge.

Lia hörte gar nicht hin. Für sie war die Sache klar.

15. Kapitel

Die vier waren kaum zu Hause und hatten sich auf ihren Schlafstätten ausgebreitet, da stand schon Tant' Greta vor der Tür und wollte sie wecken. »Du siehst ja man bannig müde aus, mien Deern«, sagte sie. »Und ihr anderen nicht viel besser. Willst du doch zukünftig bei mir schlafen? Dann kommst du eher zur Ruhe. Hast sicher Angst gehabt …« Sie sah Helge an, der auch nicht wacher aussah. »Habt ihr die ganze Nacht am Computer gedaddelt?«, fragte sie.

»Computerspielen wäre ja nichts Schlimmes«, gab Helge zu bedenken. »Aber wir waren wirklich früh im Bett.«

Lia bewunderte ihren Freund für diese Lüge, die keine war, denn früh stimmte. Es war gegen sechs Uhr morgens. Früh eben. Das wäre ihr nicht so rasch eingefallen. Mit der Vorlage konnte sie allerdings noch eins draufsetzen. »Wir haben nicht Computer gespielt. Ganz ehrlich. Ich schwöre, der PC war die ganze Nacht aus und der Fernseher ebenfalls. Ich bin bislang nicht richtig wach, das ist alles.«

Tant' Greta musterte die völlig übernächtigte Gesellschaft, enthielt sich aber jeglichen weiteren Kommentars.

Lia war dankbar deswegen, denn sie wusste nicht, wie sie den Tag überstehen sollte. Eigentlich hätte sie große Lust gehabt, sich jetzt hinzulegen, aber sicher bestand Tant' Greta auf dem gemeinsamen Frühstück. Und so war es auch. »Nun kommt ihr erst mal mit. Eine Tasse Tee und ein frisch gebackenes Brot werden euch munter machen.«

»Ich lege mich nach dem Essen aufs Ohr und hole ein wenig Schlaf nach. Dann bin ich in zwei Stunden topfit«, versprach Lia den anderen.

»Die Eier sind schon gekocht. Putzt eure Zähne. Ich warte auf euch.« Tant' Greta schlurfte davon.

Lia ging kurz ins Bad und warf sich eine Ladung eiskaltes Wasser ins Gesicht.

»Nach dem Frühstück brauche ich nicht nur eine Mütze voll Schlaf, sondern gleich drei ganze Säcke«, sagte Helge.

»Wem sagst du das?«, nuschelte Lia. »Ich kann kaum auf den Beinen stehen.«

Keno und Maybritt schwiegen. Ihnen ging es offensichtlich nicht besonders gut. Sie waren so blass, dass Lia befürchtete, sie könnten jeden Moment einfach umkippen. Müde tappten alle vier zu Tant' Greta.

»Hast du das Buch noch, Lia?«, fragte die, während sie den Kindern Tee einschenkte.

»Nein, ich musste es wieder abgeben. Warum fragst du?«

Tant' Greta schüttelte den Kopf. »Bin eben doch schon eine alte sentimentale Frau.«

Helge lachte. »Wie kommst du denn da drauf, Tant' Greta? Wer so fantastisches Brot backen kann und eine Leberwurst mit diesem Geschmack herstellt, ist alles andere als alt und tüddelig.«

Die alte Frau setzte sich. »Mir ist gestern Abend etwas ganz Seltsames geschehen. Ich bin wach geworden, konnte nicht wieder einschlafen und habe mich ein wenig ans Fenster gestellt und in die Nacht gestarrt.«

Lia schluckte. Das war gerade noch mal gut gegangen. Was wäre gewesen, wenn Tant' Greta, wie schon einmal, nach Lia geschaut hätte?

»Und was hast du gesehen?« Nun war auch Maybritt hellwach.

Tant' Greta lächelte. »Ach, vergesst es. Ihr weist mich ja in eine Anstalt ein.«

»Das ist jetzt fies«, entgegnete Lia. »Erst machst du uns neugierig, und dann kneifst du. War es etwas Gefährliches?«

»Das nicht, aber höchst merkwürdig«, setzte Tant' Greta an.

»Nun sag schon!«, forderte Lia sie auf und begann unruhig auf dem Stuhl hin und her zu rutschen. Sie ahnte, was Tant' Greta sagen wollte. Es musste mit diesem Buch zusammenhängen, sonst hätte sie nicht danach gefragt.

»Ich stand also hinter der Gardine, habe den Mond betrachtet, der immer wieder von einem zarten Wolkenschleier bedeckt wurde. Mit einem Mal meinte ich, eine Gestalt zu erkennen. Es war nur ein winziger Augenblick, der mich das glauben ließ. Aber genau da war ich mir sicher, dass ich den Engländer aus dem Buch gesehen habe. Jedenfalls sah der Mann so aus, wie ich ihn mir vorstelle.« Tant' Greta rückte die Brille zurecht und sah die Kinder an. »Klingt doch wirklich verrückt, oder? Vermutlich habe ich geträumt und meinen Gedanken nachgehangen, weil ich das Buch von Lia ausgeliehen hatte und es leider nicht ganz zu Ende lesen konnte.«

»Was ist, wenn es so war?«, fragte Keno. »Ich habe mit dem Engländer gesprochen. Es gibt ihn nämlich in Wirklichkeit.«

Tant' Greta zuckte zusammen. »Was sagst du da? Wo soll er sich denn herumtreiben? Ach, mien Jung, du willst mich auf den Arm nehmen!«

»Nein, sicher nicht! Er taucht immer am Marktplatz an der Ludgerikirche auf«, versicherte Keno eifrig. »Er ist schon ziemlich alt.«

Tant' Greta bemerkte das warnende Zwinkern, mit dem Lia ihren kleinen Freund bedachte. »Schluss jetzt mit der Geisterstunde«, sagte sie. »Ich mache euch ja ganz verrückt mit meinem Geschwafel. Lassen wir das.« Tant' Greta griff nach einer Scheibe Brot, und damit war für sie das Thema beendet.

Lia fixierte Keno weiter mit einem scharfen Blick. Sie hoffte, dass er den Engländer einfach nicht mehr erwähnen würde. Nicht dass er Tant' Greta zu neugierig machte und alles zerstörte, weil sie ebenfalls Nachforschungen anstellte. Das war ihr Fall. Noch wussten sie ja selbst viel zu wenig. Keno aber sagte nur: »Tant' Greta, ich glaube, das Buch ist verwunschen. Damit stimmt etwas nicht.« Die strich ihm übers Haar und schwieg. Sie wollte scheinbar nicht darüber reden und bereute ihr Vorpreschen bereits. Lia war das mehr als recht, denn in ihr war ein weiterer Plan gereift. Der Engländer tauchte also mittlerweile auch an ihrem Haus auf. Wenn das nicht mysteriös war, neben all den anderen Dingen, die sie in den letzten Tagen erlebt hatten, was dann?

16. Kapitel

So, ihr Lieben. Nun geht es erst richtig los!« Lia baute sich mit vor der Brust verschränkten Armen vor ihren Freunden auf.

»Was geht jetzt los?«, gähnte Maybritt. »Für mich geht jetzt das Schlafen los!«

»Papperlapapp!«, stieß Lia aus. »Wir machen uns jetzt auf den Weg.«

»Wohin?« Helges Augen wurden von Sekunde zu Sekunde kleiner, und Lia sah ein, dass es so keinen Wert hatte. »Okay, dann schlafen wir jetzt bis mittags, aber dann setzen wir meine neuen Pläne um.«

»Schlafen klingt so was von gut«, sagte Helge, legte sich hin und schlief augenblicklich ein. Maybritt und Keno hatten die Augen auch schon geschlossen.

»Ich wollte ja nur sagen, dass wir nachher den Engländer noch einmal suchen. Dieses Mal wird er uns nicht entwischen! Außerdem werde ich zum Rathaus fahren und sehen, ob ich etwas über Martin erfahre«, flüsterte sie. Da keine Reaktion vonseiten ihrer Freunde kam, legte sie sich schließlich auch ins Bett. Obwohl sie sicher war, kein Auge zumachen zu können, fiel sie doch binnen weniger Minuten in einen tiefen Schlaf.

Lia erwachte am frühen Nachmittag. Die Sonne schien ihr auf die Nase. Sie musste sich kurz sammeln, um zu realisieren, wo sie sich befand, denn sie war in den paar Stunden von wirren Träumen heimgesucht worden.

Immer wieder waren ihr Frerk, Hein und der Engländer begegnet, und sie hatte sich sehr gefürchtet. Diese Furcht aber wollte sie nicht zulassen. Mit Angst im Nacken würde sie nichts herausfinden. Lia setzte sich auf, schüttelte sich. Das tat gut, es kam ihr vor, als wäre sie so alle schrecklichen Gedanken los. Ihre Freunde schliefen noch tief und fest. Lia hüpfte aus ihrem Bett und rüttelte sie der Reihe nach an der Schulter. Maybritt und Keno aber drehten sich nur zu Seite, grunzten und zogen sich die Decke wieder über die Ohren. Lia bekam sie einfach nicht wach.

Helge hingegen war sofort aufgeschnellt und in seine Jeans geschlüpft. »Lass die Schnarchnasen weiter schlafen«, schlug er vor. »Den Engländer finden wir auch allein. Ohne Keno ist es vermutlich besser. Wenn der Alte ihn erkennt, sagt er uns bestimmt nichts mehr.«

Lia nickte, und beide schlichen aus dem Zimmer. Helge wollte zunächst etwas essen. Dabei bemerkte auch Lia ihren knurrenden Magen. Sie warf einen Blick auf die Uhr. Mit Tant' Greta hatten sie sich erst zum Abendessen wieder verabredet.

Als sie sich gesättigt hatten, machten sie sich auf den Weg. »Ich hoffe, wir finden den Engländer. Er ist der einzige Mensch, der uns wirklich weiterhelfen kann. Er muss etwas wissen, sonst hätte er Keno nicht aufgehetzt und ihm Angst gemacht.«

Helge grinste: »Dann wollen wir mal herausfinden, ob er tatsächlich so ein Geistwesen ist, wie unsere kleine Schissbüx behauptet.« Sie schwangen sich auf die Fahrräder, umrundeten die Ludgerikirche und suchten jeden

Winkel ab. Schließlich entdeckten sie einen alten Mann zusammengekauert auf einer Bank.

»Da ist er!«, rief Lia aus. Sie bremste so abrupt, dass Helge ihr beinahe ins Hinterrad fuhr.

Sie warfen die Räder ins Gras und eilten zu ihm. Der Alte blickte lächelnd auf, als er gewahr wurde, dass die beiden vor ihm standen. »Besuch für mich, das ist ja eine schöne Überraschung«, nuschelte er und ließ seine lückenhafte Zahnreihe aufblitzen.

Lia überkam eine Gänsehaut. War der Mann nun echt und von dieser Welt oder war er wirklich das Geistwesen, das dem verwunschenen Buch entstiegen war? Ihre Stimme zitterte leicht, als sie vorsichtig fragte: »Sind Sie der Engländer?«

Der Mann lächelte stolz. »Ja, der bin ich.« Er richtete sich auf, strich sich durchs wirre graue Haar, das in einer Richtung abstand. »Ich bin der Engländer!«

Lia fand, er sah aus wie dieser Professor von *Zurück in die Zukunft*. Das würde passen, denn er lebte schließlich in der Vergangenheit, geisterte nun aber im Hier und Jetzt. War er gar mit einer Zeitmaschine zu ihnen gekommen? Lias Herz begann zu rasen, sie hatte das Zittern ihres ganzen Körpers kaum noch unter Kontrolle.

Helge schob sich neben die beiden. Er wirkte äußerst gefasst. »Was haben Sie Keno, unserem Freund, alles erzählt?«

Der Alte legte die Stirn in Falten. Er sah die Kinder ruhig an, wackelte mit dem Kopf. Lia trat von einem Bein auf das andere, weil der Engländer beharrlich schwieg. »Bitte«, forderte sie ihn auf. »Bitte sagen Sie uns, was Sie über den Schatz wissen und was Keno damit zu tun hat!«

Der alte Mann schien noch immer zu keiner Aussage bereit. Er grinste weiter stumpf vor sich hin.

»Wir wollen doch nur erfahren, was es mit dem Buch und dem Schatz auf sich hat!«, flehte Helge.

»Habt ihr es etwa an euch genommen?« Der Alte löste sich aus der Starre, und jetzt merkte man seiner Stimme wirklich einen leicht englischen Akzent an. »Ich sehe euch an der Nasenspitze an, dass es so ist.«

Lia nickte betreten.

Nun verhärtete sich das Gesicht des Mannes. Plötzlich schnellte seine Hand vor, und er packte Lia am Handgelenk. »Ihr habt keine Befugnis, das Buch zu lesen oder zu besitzen. Das dürfen nur Auserwählte, sonst geschieht ein großes Unglück!«

Lia versuchte sich zu befreien, aber es gelang ihr nicht. Niemals hätte sie dem Alten solche Bärenkräfte zugetraut. »Unheil«, zischte er nach. »Riesengroßes Unheil kommt auf euch zu!«

»Wir haben es wieder ordnungsgemäß dorthin gelegt, wo wir es gefunden haben. Keno durfte es lesen, und nichts anderes hat er getan.«

»Doch er brauchte Hilfe«, ergänzte Helge. »Wie hätte er denn die Frakturschrift entziffern sollen? Wir haben ihm lediglich dabei geholfen.«

»Er hat euch Anteil an seinen Kenntnissen gegeben, habe ich recht?«, raunte der Engländer. »Dieses Wissen ist aber nicht für fremde Ohren bestimmt! Nun werden Frerk und Hein das tun, was sie tun müssen. Sie werden ihn holen, damit die Erkenntnis dort bleibt, wohin sie gehört.«

Lia schmerzte das Handgelenk, doch der Mann ließ einfach nicht locker. Er schien eine diebische Freude daran zu haben, Lia zu ängstigen.

Helge war weniger beeindruckt, allerdings machte er auch keine Anstalten, Lia zu Hilfe zu eilen. Er sah sie nur immer wieder beruhigend an, wollte ihr offenbar deutlich machen, dass sie sich nicht vor dem Engländer zu fürchten brauchte. Lia wäre es lieber gewesen, er hätte ihm ihre Hand entrissen, denn die feste Umklammerung wirkte auf sie ziemlich bedrohlich. »Keno ist doch nur ein kleiner Wicht. Sie muten ihm viel zu viel zu!«

Der Engländer schüttelte entschieden den Kopf, lockerte aber den Griff, sodass Lia ihm die Hand nun entwinden konnte. Sie rieb sich die schmerzende Stelle am Gelenk.

»Er ist der Auserwählte, junge Dame, junger Herr. Er ist mein Nachfahre, davor kann er nicht so einfach weglaufen. Er hat sich der Verantwortung zu stellen und den Schatz allein zu finden.« Er rutschte hin und her. »Ich will mein Hochzeitsgeschenk zurückhaben, auch wenn es mir nichts nützt, weil meine Liebste längst nicht mehr unter uns weilt und ich ihr Zeit meines Lebens diese Güter nicht habe schenken können, obwohl sie uns ein sorgenfreies Dasein beschert hätten.«

»Warum wollen Sie den Schatz überhaupt noch besitzen? Das verstehe ich nicht«, sagte Helge.

Der Engländer kicherte. »Frerk und Hein fürchten seit zwei Jahrhunderten, dass ich mein Eigentum zurückhaben will oder dass es jemand findet. Denn dann verlieren die beiden ihre Unsterblichkeit und müssen für ewig von dieser Welt verschwinden. Das wollen sie nicht, sie lieben ihr Geisterleben mehr als all ihre Gespensterfreunde.«

»Und warum nehmen Sie den Schatz nicht einfach an sich?«, hakte Lia nach. »Sie könnten ihn auf eigene Faust suchen. Falls Sie den Inhalt des blauen Buches kennen, wissen Sie ohnehin, wo er versteckt ist.«

»Das ist alles zwar richtig, aber ich vermag ihn nicht zu bergen. Dazu brauche ich einen irdischen Nachfahren. Ich bin ein Geist. Ich sitze hier nur in dieser alten Stadt Norden herum und erwarte Hilfe. So viele Male hat es schon nicht geklappt, weil mir die beiden Halunken immer in die Quere gekommen sind. Diese Schmuggler und Tagediebe. Piraten und Verbrecher!« Der Engländer schnaubte. »Jedes Mal, wenn ich hoffte, es geschafft zu haben, sind meine Abkömmlinge auf unerklärliche Art und Weise verschwunden und nie mehr aufgetaucht.«

»Und jetzt wäre Keno dran«, mutmaßte Helge.

»So ist es. Findet er den Schatz nicht bald, werden sie ihn auslöschen. Und ich muss die nächste Generation abwarten. Wieder eine unendlich lange Zeit durchstehen. Ich habe das Erdenleben so satt und sehne mich nach einem ruhigen flauschigen Platz auf einer Wolke, von der ich das Geschehen hier unten in Ruhe verfolgen kann. Ich bin unglaublich müde.«

Lia sah zu Helge und erkannte in seinem Gesicht, dass auch er unsicher darüber war, was er von dem Geschwafel des Engländers halten sollte. Doch schon bald siegte wieder einmal seine Vernunft. »Ich fasse die Fakten mal zusammen: Sie wollen uns also weismachen, dass Keno

Ihr Nachfahre und deshalb verpflichtet ist, den Schatz für Sie zu bergen? Damit Sie endlich sterben können. Hein und Frerk verlieren ihr Geisterdasein, sobald Sie Ihr Eigentum zurückhaben? Deswegen bewachen sie den Schatz, denn sie möchten auf ewig untot sein.«

Der Engländer nickte. »Das hast du ganz richtig zusammengefasst. Bist ein helles Köpfchen.«

»Einen solchen Blödsinn habe ich noch nie gehört«, murmelte Helge.

Lia wagte nun, sich einzumischen. »Sie behaupten weiterhin, die beiden sind, genau wie Sie, aus dem blauen Buch gestiegen, und die Geschichte darin hat sich tatsächlich abgespielt.«

Der Alte nickte. »Besser hätte ich es nicht zusammenfassen können.«

»Das ist ja völlig abgefahren«, platzte Helge heraus. »Figuren, die aus einem Buch entsteigen, gehören in den Bereich der Fantasy. Haben Sie zu viel *Tintenherz* gelesen? Da passiert das auch, und es ist toll gemacht. Aber wir«, Helge betonte das *wir* sehr stark, »wir befinden uns in der Realität. Stehen uns auf dem Marktplatz der ostfriesischen Stadt Norden gegenüber. Da gibt es solche Dinge einfach nicht, verstehen Sie!« Helge war nun richtig wütend. »Wissen Sie was? Ich glaube, es existiert nicht einmal ein Schatz!«

Der Engländer war mit jedem Wort ein bisschen mehr in sich zusammengesackt. Er antwortete nicht auf Helges Ausbruch, sondern blickte versonnen zum Himmel, als suche er sich bereits die Wolke aus, auf der er zukünftig reisen wollte.

Helge gab sich mit diesem Schweigen nicht zufrieden. »Sie glauben also, dass Keno bald von Frerk und Hein entführt wird? Weil er den Schatz nicht finden soll?«

Der Engländer nickte. »Mehr werde ich euch aber nicht verraten. Ich verwünsche mich ja sonst selbst.« Damit erhob er sich und lief mit wackeligen Schritten rasch von dannen.

»Schlauer sind wir nun auch nicht«, sagte Helge düster. »Ich glaube dem Alten kein Wort.«

»Und wenn er tatsächlich ein Geist ist?«, fragte Lia. »Kann schließlich sein, dass es stimmt, was er behauptet.«

Helge sah sie skeptisch an. »Das ist jetzt nicht dein Ernst, oder? Du stehst mit beiden Beinen auf der Erde und glaubst wirklich, wir hätten uns eben mit einem Gespenst unterhalten?«

Lia spitzte die Lippen. Ihr war es peinlich, dass Helge recht hatte. Geister existierten nicht und schon gar keine, die aus irgendwelchen alten Büchern stiegen und sich um Schätze stritten, die sie vor zweihundert Jahren irgendwo in Norden versteckt hatten. So etwas gab es nicht. Und doch konnte niemand diese merkwürdigen Vorkommnisse leugnen. Immer hatte beim Lesen das Licht geflackert, die Sicherungen waren durchgebrannt. Zufall? Selbstverständlich war das möglich, aber dieser Restzweifel, diese bohrende Ungewissheit, blieben. Auch das Auftauchen des Hausmeisters und Martin Doms nachts in der Bibliothek musste nicht zwangsläufig damit zu tun haben. Nur, wer wusste schon, wer sie wirklich geschickt hatte. Lia sagte lieber nichts. Es war ihr peinlich, dass sich diese Geistergedanken immer wieder Gehör in ihrem Kopf verschafften.

»Wir fahren in die Bibliothek, nehmen den Schlüssel an uns und werden versuchen, noch einmal heimlich auf den Dachboden zu gelangen«, schlug Helge vor. »Nachmittags sind Sina und Frau Wiesel nicht dort. Wir könnten bei Tageslicht nach dem Schatz suchen.«

Lia schüttelte den Kopf. »Was bringt das? Wir haben in dem Buch keine konkreten Hinweise gefunden. Wir müssten es erst akribisch durchforsten. Und wenn ich akribisch sage, dann meine ich es so. Ist nur fraglich, ob wir dieses Mal etwas finden.«

»Es bleiben uns nur zwei Möglichkeiten. Entweder wir lassen die Finger von der Geschichte, denn was wir bisher haben, erscheint mir doch arg dürftig, selbst wenn ein paar Dinge merkwürdig erscheinen. Oder wir suchen gezielt weiter im Vossenhus. Was meinst du?«

»Letzteres klingt nach einem guten Plan«, stimmte Lia zu. »Aber bevor wir in die Bibliothek fahren, würde ich gern dem Rathaus einen Besuch abstatten. Ich will mehr über diesen Martin Dom in Erfahrung bringen. Nach wie vor erscheint es mir seltsam, dass er in der letzten Nacht in der Bücherei aufgetaucht ist. Wer arbeitet schon so früh am Morgen und bewacht auch noch die Webcam im Vossenhus? Das stinkt doch zum Himmel!«

Helge stimmte ihr zu, und so radelten sie zunächst zum Rathaus. Das weiße Gebäude mit dem Balkon und den großen Fenstern befand sich am Marktplatz neben den *Drei Schwestern*. Kaum hatten sie ihre Räder am Café gegenüber abgestellt, zuckte Lia zusammen. »Junge, guck mal. Blick nach rechts! Wer da wohl ist!«

»Der gute Martin«, bestätigte Helge. »Steht draußen und raucht.«

»Und telefoniert«, ergänzte Lia.

Der junge Mann sprach äußerst aufgeregt in sein Handy, das war eindeutig an seinen ausladenden Gesten und seinem Gesichtsausdruck zu erkennen. »Ich werde jetzt herausfinden, mit wem er quatscht und was er erzählt.« Lia huschte davon. Es war Helge unmöglich, sie zurückzuhalten.

Martin war völlig in sein Gespräch vertieft und bemerkte Lia nicht. Sie versteckte sich seitlich des Hauses, von wo sie ihm unbehelligt lauschen konnte. Mit etwas Glück würde Martin nicht auf sie aufmerksam werden. Er sprach ziemlich laut und mit klarer Stimme.

»Ja, die Cam war aus, weil die Sicherung durchgebrannt war. Da habt ihr vermutlich vergessen, das Licht auszuschalten.«

…

»Wie?«

…

»Nein, habe keinen gesehen, da war niemand.«

…

»Das Buch? Ich war ja im Gründungsbestand, da ist ganz sicher nichts weggekommen. Wie denn?«

…

»Ja, die Tür zum Dachboden war auf.«

…

»Die Unterlagen? Habe ich in der Tasche. Nein, alles, was ich finden konnte. Scheint reges Interesse an den alten Geschichten zu geben.«

…

»Wieso? Weil da noch ein paar Kinder nachgefragt haben.«

…

»Kannte ich nicht.«

…

»Ja, der eine war klein und etwas dicklich.

…

»Keno?«

…

»Weiß nicht, ob der Keno hieß. Hab ihn nicht gefragt. Waren ja auch zu mehreren.«

…

»Für die Schule. Nehmen jetzt Schmuggler und die Norder Stadtgeschichte durch.«

…

»Keine Ahnung. Sicher Zufall.«

…

»Zu großer Zufall? Glaube ich nicht.«

…

»Ja, mach's gut!«

Martin legte auf, holte eine Schachtel aus der Hosentasche und zündete sich die nächste Zigarette an. Lia klebte beinahe an der Hauswand. Mit wem hatte er eben gesprochen, und was wusste die andere Person? Ihr habt vergessen, das Licht auszumachen, hatte er gesagt. Dann konnte es sich nur um jemanden aus der Bibliothek handeln. Und er schien mit Frau Wiesel bestens bekannt zu sein. Er hatte aber auch für Frau Meyer etwas hinterlegt.

Martins Zigarette war fast verglüht. Er warf sie auf den Boden, trat sie aus und ging zurück ins Rathaus. Als er nicht mehr zu sehen war, huschte Lia zu Helge, der sich hinter einer Hausecke verborgen gehalten hatte.

»Und?«, fragte er sofort.

»Er hat mit jemandem gesprochen, dem Keno bekannt war. Und darüber, dass wir die Schmugglerunterlagen geholt haben. Außerdem ging es um die defekte Webcam, und er hat gesagt: ›Ihr habt das Licht dort angelassen!‹«

Helge schnalzte mit der Zunge. »Ihr also. Dann hat er mit jemandem aus der Bücherei telefoniert.«

»Kluger Rückschluss«, lachte Lia. »So weit war ich auch schon.«

Helge schlug vor, sich ins Eiscafé zu setzen, denn da sprach es sich besser als mitten auf der Straße. »Ich lade dich ein.«

Da Lia wie immer pleite war, nahm sie das Angebot liebend gern an. Ihre Räder hatten sie ohnehin dort abgestellt, und so waren sie kurz darauf im Café.

Helge bestellte zwei Eis, und sie ließen es sich zunächst schmecken. Lia fand, dass sie es sich redlich verdient hatten. Immerhin hatten sie sich die vergangene Nacht um die Ohren geschlagen, um dem Geheimnis des Buches und des Schatzes auf die Spur zu kommen. Sie leckte jeden Löffel genüsslich ab. Erst als sie auch den letzten Rest aus der Schale gelöffelt hatte, lehnte sie sich zurück. »So, jetzt kann ich wieder denken. Ich liebe Bananensplit.«

Helge zückte Stift und Notizbuch. »Wir müssen zunächst in Ruhe zusammenfassen, was wir haben, sonst geraten wir durcheinander.«

Gemeinsam trugen sie ihre Ergebnisse zusammen. Alles, was sie mittlerweile über das Buch wussten, schrieb Helge auf, auch, was der Engländer und Keno gesagt hatten.

»Die Unterlagen von Frau Wiesel bringen uns in diesem Fall nicht weiter.« Helge kratzte sich am Kopf.

»Dann bleiben uns nur zwei Dinge«, resümierte Lia. »Wir kommen nicht um unsere beiden Möglichkeiten herum. Von allein wird sich die Lösung nicht präsentieren. Sprich: Noch eine Nacht im Vossenhus bleibt uns nicht erspart.«

»Wir müssen erst herausfinden, mit wem Martin telefoniert hat«, ergänzte Helge. »Das Gespräch eben war ein eindeutiger Hinweis darauf, dass er etwas von dem versteckten Schatz weiß. Wirklich merkwürdig, dass mit einem Mal geheimnisvolle Gestalten auftauchen, Keno animiert wird, eine Brautgabe zu suchen und plötzlich weitere Menschen diesem Reichtum nachjagen.«

»Es gibt definitiv Zusammenhänge«, sagte Lia. »Aber die finden wir heraus, da sei sicher. Wir haben auch alle anderen Fälle gelöst, und es war beileibe nicht immer ungefährlich.«

Helges Augen leuchteten erwartungsvoll. »Da magst du recht haben. Wenn Martin also eben mit jemandem aus der Bücherei telefoniert hat, kommen nicht allzu viele Menschen infrage.«

»So ist es! Lass uns mal alle durchgehen.«

Lia zählte sie auf. Da waren Frau Meyer, Frau Wiesel und Sina. Hinzu kamen der Hausmeister und zwei Reinigungsfrauen. »Sind gar nicht so wenige!«, seufzte sie düster. »Wer aber hat sich uns gegenüber merkwürdig verhalten?«

»Frau Meyer halte ich nicht für blütenrein«, kam es von Helge wie aus der Pistole geschossen. »Sie wollte uns erst das Buch vorenthalten, dann hat sie abgestritten, dass jemand in der Nacht auf dem Dachboden gewesen sein könnte. Und immerhin hat Martin Dom ihr Akten hinterlegt. Vielleicht Hinweise?«

Lia schüttelte den Kopf. »Glaub nicht, dass sie etwas zu verbergen hat. Sie hat mir das Buch später doch sogar mitgegeben. Irgendwie möchte ich das auch nicht. Sie ist so nett. Nein, das wäre blöd. Ich mag sie, und ich fürchte, die anderen Schatzjäger führen nichts Gutes im Sinn.«

Helge kraulte sich am Kinn. Er stimmte Lia mit jedem Wort zu. Die überlegte weiter laut: »Weißt du was? Frau Wiesel war immer sehr komisch.«

»Das ist richtig, aber nicht nur sie. Denk mal an Sina, wie sie Keno angemacht hat.«

»Na ja, er nervt schließlich oft genug, und sie ist seine Cousine. Ihr Verhalten finde ich nicht auffällig.«

»Dennoch weiß Frau Wiesel vom Engländer. Immerhin hat sie ihn abgeholt.«

»Stimmt, sie bleibt definitiv auf der Liste.« Lia unterstrich den Namen.

Helge kaute nachdenklich auf dem Löffelstiel herum.

»Bleiben noch der Hausmeister und die Reinigungsfrauen. Letztere sind für uns gar nicht in Erscheinung getreten, was aber nicht heißt, dass sie nichts damit zu tun haben. Wir hatten sie nur nicht auf dem Schirm. Und der Hausmeister war mit Martin Dom auf dem Dachboden. Ich fand ihn unheimlich«, erklärte Lia.

»Wobei Martin mit ihm ja nicht telefoniert haben kann«, sagte Helge.

Lia sah ihn fragend an.

»Nun ja, ihm hätte er all das nicht erzählen müssen. Dass die Webcam kaputt war, die Lampe durchgebrannt ist und so.«

»Ein Verdächtiger weniger.« Lia nahm den Stift und strich den Namen des Hausmeisters durch, setzte ihn dann aber doch wieder hinzu. »Wer weiß, ob die nicht zu dritt sind«, erklärte sie. »Ich habe so etwas im Gefühl.«

Helge zahlte. »Ich glaube, die Person, die Martin da eben kontaktiert hat, ist unsere Verbindung zum Engländer. Oder Martin Dom selbst ist diese Schnittstelle.«

Lia überlegte fieberhaft, wie sie weiter vorgehen sollten. Außer das Buch noch einmal zu durchforsten und den Dachboden ein weiteres Mal abzusuchen, hatte sie keinen guten Plan, obwohl ihr Kopf vom Nachdenken rauchte. »Sag mal«, fragte sie nach einer Weile, »wie heißen die Reinigungsfrauen eigentlich?«

Helge gab dem Kellner ein Trinkgeld. »Bloehm heißt die eine«, sagte er schließlich. »Die andere …«, er zog die Stirn in Falten, zögerte. »… die andere heißt Geerken.«

»Geerken«, wiederholte Lia. »Geerken. Mit zwei E?«

»Jep.«

Lia kaute auf der Unterlippe. Dieser Name geisterte ihr weiter durch den Sinn, während sie zurück zu den Fahrrädern liefen. Plötzlich hielt sie an. »Du weißt schon, wer ebenfalls Geerken heißt, oder?«

Jetzt begriff auch Helge. »Kenos Nachname lautet so. Ist das seine Mutter?«

Lia schüttelte den Kopf. »Nein, die kenne ich. Die Putzfrau sieht anders aus. Vielleicht ist es eine Tante?«

»Sinas Mutter?«

Wieder verneinte Lia, denn Sina hieß Janßen.

»Geerken ist natürlich kein seltener Name in der Gegend«, gab Helge zu bedenken.

Da hatte er zwar recht, doch nicht alle schrieben sich mit zwei E. »Wir fragen Keno. So langsam wird es mächtig spannend«, frohlockte Lia. »Auf zur weiteren Geisterjagd!«

17. Kapitel

Als Lia und Helge zu Hause ankamen, stand Maybritt in der Küche. Sie hatte sich einen Kakao angerührt. »Na, fündig geworden?«, fragte sie.

Lia fasste zusammen, was sie herausgefunden hatten, und Helge zeigte ihr die Aufzeichnungen. Maybritt nickte bestätigend. »Ich vermute, dass diese Reinigungsfrau Kenos Tante ist. Sie hat ihn mal von der Schule abgeholt«, sagte sie.

»Dann arbeiten also zwei Leute aus seiner Verwandtschaft im Vossenhus. Das ist doch mehr als verdächtig«, überlegte Lia. »Zumal genau er als angeblicher Nachfahre gehandelt wird. Finde ich seltsam.« Mit einem Mal überlief Lia ein eiskalter Schauer. »Was ist, wenn er einfach auf uns aufpassen soll und er deshalb diesen Geisterblödsinn erzählt?«

Helge wusste sofort, was sie meinte. »Klar, Kenos Familie hat herausbekommen, dass wir uns für dieses Buch interessieren. Darin sind die Indizien zum Schatz versteckt. Damit wir nicht weitermachen, haben sie uns Keno auf den Hals gehetzt. Der passt jetzt auf, dass wir nicht weiterkommen, und textet uns mit diesen Mysterien zu.«

Maybritt nahm einen Schluck von dem Kakao. Es gluckste laut, als sie schluckte. »Nun, zumindest ist es eine bessere Erklärung als diese bisherigen Geistergeschichten. Wir müssen nun den Zusammenhang zwischen dem Engländer, Martin und Kenos Tante finden.«

»Oder Sina«, ergänzte Lia. »Wo steckt Keno denn überhaupt?«

Maybritt deutete mit dem Kopf zur Tür. »Ausgeflogen ist er. Wollte zurück in Mamas Schoß. Ihr habt schon recht, es passt alles zusammen. Vermutlich plärrt er ihr gerade mit seinen Erkenntnissen über uns die Ohren voll.«

»Was tun wir als Nächstes?« Lia war ratlos. Sollten sie bereits jetzt am Ende ihres Lateins sein?

»Essen«, kam es wie aus einem Munde von Helge und Maybritt, und so zogen sie ein Haus weiter und setzten sich an den liebevoll gedeckten Tisch bei Tant' Greta.

»Na, ihr drei? Schon Erfolg gehabt mit der Schatzsuche?«

Lia, Helge und Maybritt sahen sich erstaunt an. Hatte einer von ihnen gequatscht? Maybritt hob abwehrend die Hände. Denn sie kam eigentlich als Einzige infrage.

»Nun guckt man nicht so bedröppelt drein«, lachte Tant' Greta. »Ich hab doch Augen im Kopf. Wenn ihr euch so bannig für die alten Schmugglergeschichten interessiert, kann das schließlich nur einen Grund haben: Ihr wollt den Norder Schatz finden.«

»Was weißt du denn noch darüber?«, fragte Lia. Es hatte wohl wenig Sinn, es abzustreiten, und vielleicht konnte ihnen Tant' Greta mit ihrem Wissen nützlich sein. Die zuckte allerdings mit den Schultern. »Nun, man hat zu meiner Zeit immer gemunkelt, dass er im Vossenhus versteckt sei und es gefährlich ist, ihn zu heben, weil die alten Geister auf ihn achtgeben. Das ist natürlich Spinnerei. Man hat das gesamte Kaufmannshaus abgesucht und nie etwas gefunden.«

»Gibt es denn eine Schatzkarte?«, fragte Lia. Sie stellte es sich vor wie in den Piratenfilmen, wo man nur der Spur folgen musste. Tant' Greta aber kicherte. »Ach was. Es gibt nichts. Es kursieren immer wieder Gerüchte, dass die Hinweise irgendwo gut versteckt sein sollen, bewahrheitet hat es sich nie. Wie das eben mit Legenden so ist. An diesem imaginären Schatz haben sich schon so viele die Zähne ausgebissen.« Tant' Greta reichte den Brotkorb herum, und die Kinder speisten genüsslich.

»Da hat man uns wohl einen dicken Bären aufgebunden«, lachte Maybritt. »Von wegen einem verwunschenen Buch und einem geheimnisvollen Vermögen. Ein Ammenmärchen, dem seit Ewigkeiten hinterhergejagt wird.«

Lia war auch enttäuscht. Vermutlich hatte ihre Freundin recht. Es gab nichts zu finden, und der Engländer war einfach ein verwirrter alter Mann, der nur Blödsinn erzählte. Tant' Greta stand auf und verschwand in der Küche, weil sie frischen Tee kochen wollte.

Mit einem Mal klingelte Lias Handy. »Ja, Lia hier. Guten Abend, Frau Geerken.« Sie sah ihre Freunde überrascht an, wandte sich aber wieder ihrem Gespräch zu. Mit jedem Satz, der ihr entgegensprudelte, begann sie stärker zu zittern. Ihre Lippen bebten, sie bekam kaum ein Wort heraus. »Keno? Der wollte doch zu Ihnen fahren«, stammelte sie schließlich. »Schon am Nachmittag!« Sie lauschte noch eine Weile, was Kenos Mutter sagte, dann ließ sie das Telefon sinken. »Keno ist nicht zu Hause angekommen. Er ist weg.« Ihre Stimme hatte jeglichen Klang verloren.

Nun war es den Kindern, als streife ein eiskalter Wind durch Tant' Gretas Haus.

18. Kapitel

Lia und ihre Freunde brauchten eine Weile, ehe sie diese Meldung verdaut hatten. Sie hatten sich zur Beratung in Lias Zimmer zurückgezogen, wollten nicht, dass Tant' Greta etwas mitbekam. Glücklicherweise hatte sie das Telefonat nicht mit angehört. »Bestimmt macht er sich jetzt allein auf die Schatzsuche«, befürchtete Helge.

Lia aber schüttelte den Kopf. »Ich glaube eher, dass der Engländer ihn entführt hat. Oder doch Hein und Frerk, wenn die genauso existieren wie er.«

Maybritt nagte auf ihrer Unterlippe. »Geister gibt es nicht. Und sollte einer von den Typen dahinterstecken, dann hat das tiefere Bewandtnis. Das wisst ihr so gut wie ich.«

»In dem Fall geht es um sehr viel Geld«, bestätigte Helge Maybritts Worte.

»Und es bedeutet, dass der Schatz keine Einbildung ist. Und dass jemand um jeden Preis seine Entdeckung verhindern will«, vollendete Lia den Gedanken.

Kurz darauf klingelte es, und die Polizei stand vor der Tür. Sie wollten alles, aber auch wirklich alles, über Kenos Verschwinden wissen, doch die drei konnten nicht weiterhelfen. Es war einfach ausgeschlossen, den Beamten etwas von Geistern zu erzählen, die alte Schätze bewachten und einem verwunschenen Buch entstiegen waren.

Lia erklärte den Polizisten lediglich, dass Keno immenses Interesse an einem Buch gehabt und Kontakt zu einem Mann hatte, der sich ›der Engländer‹ nannte. Die erste

Information erachteten sie offenbar als unwichtig, aber über den Engländer wollte der eine Polizist durchaus mehr wissen. Schließlich schlug er sein Notizbuch zu und sagte: »Keno hatte in der Schule mit seinen Mitschülern große Probleme. Sie mochten ihn nicht, und er hat immer öfter Schauer- und Gruselgeschichten erzählt, vermutlich, um sich wichtig zu machen. In diese Kategorie gehören auch das Buch und der Engländer. Warum hat er überhaupt bei euch geschlafen? Ihr seid doch viel älter!«

Lia nickte. »Er tat uns leid, und wir fanden seine Schmugglergeschichten spannend. Deshalb haben wir gemeinsam mit ihm das Buch gelesen. Es ist in einer Schrift verfasst, die er nicht allein entziffern konnte.«

»Frakturschrift«, ergänzte Maybritt. »Ich schreibe öfter damit.«

Mit dieser Auskunft gab sich der Polizist zufrieden und verabschiedete sich.

»Hätten wir mehr sagen sollen?«, fragte Lia.

Helge schüttelte den Kopf. »Das wäre albern und lächerlich gewesen. Ich glaube, wir müssen der Sache selbst auf den Grund gehen, sonst laufen wir noch Gefahr, dass man uns ins Irrenhaus einsperrt. Das Ganze klingt so verworren, das nimmt uns ohnehin keiner ab.«

Lia stand auf, wollte sich in der Küche ein Glas Wasser holen. Als sie durch den Flur ging, zuckte sie erschrocken zusammen. Unter der Tür hatte jemand einen Brief hindurchgeschoben. »Was ist denn das?«, fragte sie halblaut. Sie schlitzte den Umschlag auf und zog einen schmutzigen Zettel heraus, der mit knallroten Buchstaben beschrieben war.

Blutsbrief

Warnung an alle, die Keno suchen. Er hat sich schuldig gemacht. Der Schatz gehört uns. Uns ganz allein. Haltet euch raus! Keiner von euch wird das Buch mehr berühren, sonst erleidet ihr dasselbe Schicksal wie er. Gebt ihr jedoch keine Ruhe, bleibt er verschwunden wie alle anderen, die uns in die Quere gekommen sind. Der Fuchs wird auch euch verschlingen. Frerk und Hein

Lia ließ den Brief sinken und eilte sofort zu ihren Freunden. Wortlos reichte sie ihn Helge. Maybritt begann zu schluchzen. »Auf was haben wir uns da eingelassen? Verdammt! Was machen wir jetzt?«

»Ich sehe nur wenige Möglichkeiten«, hob Helge an, beherrscht wie immer. »Wir suchen nun erst recht die Verbindungen heraus, die von der Bibliothek zu Keno reichen, und wir werden das Buch heute noch einmal lesen. Wir haben keine Zeit zu verlieren. Seid ihr bereit?«

Lia nickte, Maybritt folgte mit einem Zögern. »Ich möchte aber auch den Engländer aufsuchen«, sagte Lia. »Dem können wir gehörig auf den Zahn fühlen. Dass sein Nachfahre entführt worden ist, kann ihm schließlich nicht egal sein.«

Helge und Maybritt stimmten zu. Ihre Müdigkeit war wie weggeblasen.

»Als Erstes checken wir die Putzfrau. Wir müssen wissen, ob diese Frau Geerken etwas mit Keno zu tun hat.« Helge sah Lia an. »Übernimmst du das? Du kennst immerhin Kenos Mutter.«

Lia schnappte sich das Handy und wählte die Nummer. »Hallo, Frau Geerken. Die Polizei war eben hier. Somit gibt es sicher nichts Neues, oder?«

…

»Sollen wir in der Verwandtschaft herumfragen und Ihnen das abnehmen? Zum Beispiel bei seiner Tante?«

…

»Ach, die haben Sie schon gefragt. Und was ist mit der anderen? Die, die als Reinigungsfrau im Vossenhus arbeitet.«

…

»Die ist gar nicht seine Tante, nur ein Namenszufall. Sie ist Ihre Nachbarin, ach, das erklärt, warum Keno mal von ihr abgeholt wurde.«

…

»Ja dann. Sagen Sie sofort Bescheid, wenn es etwas Neues gibt.«

…

»Wir halten uns raus. Natürlich. Wir bringen uns ja nicht selbst in Gefahr. Klar. Tschüss!«

Lia drückte das Gespräch weg. »Als Verwandte ist noch Sina übrig. Aber das ergibt keinen Sinn, denn was hat sie mit dem Engländer zu schaffen?«

»Also bleiben Martin und Frau Wiesel«, sagte Maybritt.

»Frau Wiesel kennt Martin Dom ein bisschen zu gut. Die haben miteinander zu tun, und sie sind deshalb meine Täterfavoriten, dort schließt sich der Kreis«, freute sich Lia.

»Wo du recht hast«, stimmte Helge ihr zu. »Auf zum Marktplatz, wir sind ganz dicht dran. Und danach haben wir auch Keno wieder.«

Lia griff nach Helges Unterarm. »Gib mir den Brief noch einmal!«

Er reichte ihn rüber, und sie studierte die Zeilen ein weiteres Mal. »Der Fuchs wird auch euch verschlingen. Die meinen nicht unseren Vossi.«

Helge zog fragend die Stirn in Falten. »Sondern?«

»Das ist der entscheidende Hinweis auf das Vossenhus, das Fuchshaus, so wie ich vermutet habe. Ich erinnere noch einmal an das Relief an der Front. Und an die Abbildung auf dem Einband.«

Helge nickte. »Klar! Du hast recht! Super Kombination! Auf ins Vossenhus. So langsam schließt sich der Kreis.«

19. Kapitel

Die drei machten sich auf den Weg. Die Glocke der Ludgerikirche schlug viermal. Ein kalter Wind wehte über den Marktplatz und ließ die Kinder frösteln. Ihre Augen schweiften die Straße entlang, in der Hoffnung, den Engländer irgendwo zu entdecken. Sie umrundeten den Glockenturm, schauten dort nach, wo sie ihn das letzte Mal hatten sitzen sehen. Jetzt war ihre Suche erfolglos.

»Komm, wir schauen da drüben nach!« Lia stapfte in Richtung Café, lugte bei den *Drei Schwestern* um die Ecke, drehte dann um. Helge und Maybritt hatten derweil die entgegengesetzte Seite des Marktplatzes abgesucht, waren aber ebenfalls nicht fündig geworden.

Plötzlich schnellte Lias Hand an Helges Unterarm. »Da ist er! Am Teemuseum!« Mit großen Sätzen stürmte sie los, Maybritt und Helge konnten ihr kaum folgen. Als sie sie schließlich erreichten, hatte sie sich bereits vor dem Alten aufgebaut, der auf der steinernen Treppe des Teemuseums saß, und redete wild auf ihn ein. Er saß geduckt da, wirkte merklich irritiert bei dem, was Lia ihm erzählte.

»Dann müsst ihr den Schatz jetzt suchen, als Stellvertreter für Keno. Ich habe das schon befürchtet«, stammelte er.

»Wenn wir ihn finden, kommt Keno nicht zurück!«, gab Lia zu bedenken. »Die Warnung war eindeutig. Was haben die Typen vor?«

»Sie haben Angst! Ohne den Schatz ist ihre Macht nichtig. Danach seid ihr stärker als sie!« Der Alte wackelte mit dem Kopf. Er starrte zu den dahinfliegenden Wolken, kratzte sich am Kinn und schien auf diese Weise Zeit gewinnen zu wollen. Heute fehlte ihm beim Sprechen jegliche englische Einfärbung.

Helge bedeutete seinen Freundinnen, ihn gewähren zu lassen, denn der Engländer dachte nach, und mit etwas Glück würde er einen sinnvollen Entschluss fassen.

Schließlich kramte er in seiner Tasche und holte einen weiteren Zettel hervor. Er streckte ihn Lia hin, die ihn sogleich musterte und mit der Schrift auf dem Drohbrief verglich. Sie war nicht identisch. »Was soll das sein?«

»Danach sucht ihr doch die ganze Zeit«, erklärte der Alte. »Das ist der Weg zum Schatz. Mit etwas Glück seid ihr doch stärker als die beiden Halunken, und Keno ist noch zu retten. Es ist gefährlich, was ihr vorhabt, aber vermutlich der einzige Weg, sie zu stoppen. Ihr seid reinen Herzens, das macht euch stark.«

»Woher haben Sie den Hinweis?«, fragte Helge.

Bevor der Engländer antworten konnte, donnerte eine mächtige Windböe über sie hinweg und wehte seinen Hut davon. Maybritt stürzte sofort hinterher und sammelte ihn wieder ein. Der Alte setzte ihn umständlich auf. »Das sage ich euch nicht, aber ich habe geahnt, dass kommt, was kommen musste, denn ich habe den Feind im Visier. Ich weiß alles!«

Lia studierte die Zeichen auf dem Papier. Ganz eindeutig führte der Weg ins Vossenhus auf den Dachboden. Sie waren auf der richtigen Fährte, hatten bislang allerdings Wesentliches übersehen. Martin auch, dachte sie. Martin Dom und der Hausmeister hatten in der letzten Nacht nichts anderes gesucht als den Schatz. Die beiden und Frau Wiesel hatten dasselbe Ziel wie sie. Von wegen Frerk und Hein! Die Webcam war nur ein Vorwand gewesen. Sie hatten nur nicht suchen können, weil sie der Stromausfall verunsichert hatte. Aber heute Abend würden sie gewiss einen zweiten Anlauf machen, denn sie liefen Gefahr aufzufliegen, jetzt, wo sie sicher wussten, dass Keno ebenfalls Nachforschungen angestellt hatte. Es war nur eine Frage der Zeit, ehe sie darauf kamen, wer Keno dabei unterstützte. Deshalb galt es, schneller zu sein. Sie mussten, so rasch es ging, ins Vossenhus.

Lia wollte ihre Gedanken gerade ihren Freunden mitteilen, als ein Wagen neben ihnen bremste. Heraus sprang Martin Dom. »Papa, was tust du da?«, fragte er den Alten. Danach erkannte er auch die Kinder. »Ach, ihr seid das! Was hat euch mein Vater denn wieder erzählt?« Er lachte auf. »Neuerdings glaubt er nämlich, er sei einem Buch entstiegen und der alte Engländer, den man um seinen Schatz gebracht hat.«

Lia schluckte. Martin Dom, ihr Hauptverdächtiger, war der Sohn des Engländers. Oder besser, der Sohn des Mannes, der von sich behauptete, der Engländer zu sein.

»Wie kommt Ihr Vater darauf?«, fragte Lia. Helge und Maybritt wirkten wie versteinert und zu keinem Wort fähig. Maybritt zitterte sogar.

»Ich weiß es nicht«, seufzte Martin Dom. »Er hat schon immer gern in den alten Geschichten gewühlt. Nun ist er recht betagt und bringt die Wirklichkeit und seine Anekdoten oft durcheinander. Es tut mir leid, wenn er euch verängstigt hat«, sagte er mit einem Augenschwenk zu Maybritt, die von Sekunde zu Sekunde blasser wurde.

»Hat er nicht«, beruhigte Helge ihn. »Unserer Freundin geht es heute nur nicht so gut. Ihr Vater hat uns nichts Außergewöhnliches erzählt.« Er sah Maybritt mit beschwörendem Blick an, und die nickte unmerklich.

»Frerk und Hein haben meinen Nachfahren entführt«, sagte der Alte. »Er wird sterben, wenn der Schatz nicht rechtzeitig gefunden wird!« Seine Stimme erhob sich zu einem gruseligen Singsang, der Lia eine Gänsehaut verursachte. Wer von beiden log? War der Engländer tatsächlich so verwirrt oder wohnten sie gerade einer weiteren Entführung bei, weil der alte Mann mehr wusste, als er durfte? Unauffällig stopfte Lia den Zettel in die Tasche ihrer Jeans. Sie glaubte Martin Dom kein Wort. Der redete mit leiser Stimme auf seinen Vater ein, bis der sich schließlich von der Treppe erhob und seinen Arm um Martin Dom legte. Sein Gesicht hatte plötzlich einen völlig anderen Ausdruck angenommen. »Ist er nicht lieb, mein Sohn?«, fragte er. »Immer kommt er mich holen. Oder er schickt die Frau.« Er kicherte. »Aber er kennt mich nicht. Er kennt nicht den Engländer.« Wieder hatte seine Stimme diesen Singsang.

Lia überlegte, ob sie verhindern sollte, dass der Alte in Martins Auto einstieg, doch dann erkannte sie, dass es sich um denselben Wagen handelte, der ihn schon einmal mitgenommen hatte. Nur hatte damals Frau Wiesel am Steuer gesessen. Martin war vermutlich wirklich sein Sohn. Und dass alte Leute manchmal verwirrt waren, wusste auch sie.

»Ich bringe meinen Vater jetzt nach Hause. Wenn es weiter so geht, muss ich mir wohl bald eine andere

Lösung für ihn einfallen lassen. Er verschreckt ja ganz Norden. Nichts für ungut, Kinder.« Mit diesen Worten schob Martin Dom den Engländer, der, so wie es aussah, ein waschechter Ostfriese war, auf den Rücksitz und stieg auf der Fahrerseite ein.

Die Reifen quietschten, als sie losfuhren. Ratlos sahen die drei dem entschwindenden Fahrzeug nach. Lia kramte den Zettel aus der Hosentasche. »Was tun wir damit?«, fragte sie. »Ich habe folgende Idee!« Sie erklärte Helge und Maybritt, was sie kombiniert hatte.

»Der Weg zu Keno geht einzig über diesen Schatz«, bestätigte Helge. »Egal, wie wirr der Engländer ist: Keno ist nun mal verschwunden. Etwas muss an der Sache dran sein, woher er auch immer die Informationen hat.«

»Von Martin Dom natürlich. Der will doch nur vertuschen. Aber diese Suppe werden wir ihm gründlich versalzen!«, knurrte Lia.

»Er ist ein gieriger Mann, der nun unseren Freund entführt hat!« Maybritts Gesicht hatte die natürliche Färbung zurückgewonnen, und sie schien nun auch vor Tatendrang zu bersten. »Lia, rufe Tant' Greta an, dass wir später kommen. Wir gehen sofort zum Vossenhus und klären die Sache ein für alle Mal. So ist mir das jetzt viel zu heiß und gefährlich. Wir haben es offenbar mit wirklichen Gangstern zu tun.«

»Mit Gangstern, nicht mit Geistern«, lachte Lia. Es klang befreit, denn egal, was sie gleich vorfinden würden: Vor den Untoten, Gespenstern oder wie immer sie die Gestalten nennen wollten, hatte sie doch immensen Respekt gehabt. Der eine hatte sich eben als nichtig und als

Mensch aus Fleisch und Blut erwiesen. Das Phänomen Frerk und Hein würde sich auch bald klären.

»Zuerst entschlüsseln wir die Botschaft, dann auf ins Vossenhus!«, bestimmte Helge.

»Wo tun wir das?« Lias Blick schweifte zum Café. Noch ein Bananensplit käme ihr sehr entgegen.

Die drei schafften es tatsächlich in kürzester Zeit, die eigenartigen Hieroglyphen des Zettels zu entschlüsseln. Dank ihres Scharfsinns erkannte Maybritt schnell, dass es sich um eine simple Geheimschrift handelte. »Ist ganz einfach. Eigentlich Kinderkram«, erklärte sie, während sie Buchstaben und Zahlen auf die weiße Serviette kritzelte. »Ersetze die Zahlen durch die Buchstaben im Alphabet. Die 1 entspricht dem A, die 3 dem C und so weiter.«

»Und die Buchstaben werden auf die gleiche Weise zu Zahlen?«, fragte Lia.

»Genau. Sie bedeuten vermutlich die Schritte, die man gehen soll. Oder die Meter, das muss ich noch herausfinden.« Maybritts Zunge wanderte in den Mundwinkel, wie immer, wenn sie sich konzentrierte. Sie schrieb, strich durch, malte neue Ziffern. Nach etwa zehn Minuten hatte sie eine brauchbare Anleitung zusammengeschustert. »Na, wie sieht das aus?«, fragte sie.

»Cool!«, freute sich Lia. »Dann nichts wie hin!«

20. Kapitel

Frau Meyer saß an der Ausleihe, als die drei reinkamen. Sie blickte nur kurz auf, von Kenos Verschwinden hatte sie vermutlich noch nichts gehört. Denn darauf hätte sie die Kinder sicherlich angesprochen.

Lia und ihren Freunden war das ganz recht, denn heute galt es, während der Öffnungszeiten auf den Dachboden zu gelangen. Sie befürchteten, dass ihre Widersacher sofort kommen würden, wenn die Bibliothek schloss; auch sie hatten keine Zeit zu verlieren. »Ich fürchte, wir stehen nachher Martin Dom und dem Hausmeister gegenüber«, sagte Lia. »Frau Wiesel wartet sicher im Verborgenen.«

Sie stand Schmiere, Helge schlich wie beim letzten Mal in Frau Meyers Büro und zupfte den Schlüssel vom Haken. Vossi thronte über dem Schreibtisch. Er wirkte verloren und ein wenig traurig. Lia versetzte das einen Stich, weil der Plüschfuchs sie daran erinnerte, dass Keno sich vielleicht in höchster Gefahr befand. Sie schob den Gedanken fort. Die Kinder sahen sich unauffällig um und huschten die Treppe hinauf zum Dachboden. Helges Hand zitterte, als er aufschließen wollte. Immer wieder rutschte er ab, traf nicht. Seine sonst so große Ruhe schien mit einem Mal wie weggeblasen.

Maybritt nahm ihm schließlich den Schlüssel aus der Hand. Binnen Sekunden sprang die Tür auf. Ein letzter Blick zurück, und alle drei standen im ersten Raum des Dachbodens. »Guckt mal, da liegt das Buch!«, flüsterte

Lia. Wie von Geisterhand war es in der Mitte aufgeschlagen. Die drei näherten sich vorsichtig. »Es ist die Stelle, wo der Schatz beschrieben wird«, sagte Lia. »Jetzt, wo wir den Code entschlüsselt haben, verstehe ich auch, was dort genau steht. Wir waren entweder zu müde oder zu dumm, um das richtig zu deuten.«

Maybritt steckte ihre Nase in das Buch, blätterte weiter und bestätigte Lias Aussage. »Von allein hätten wir das ganz sicher nicht herausgefunden. Ich frage mich nur, warum der Alte das konnte, wenn er angeblich so verwirrt ist.«

Lia zuckte mit den Schultern. »Wer weiß. Vielleicht hat er die Geheimschrift schon früher mal entziffert, als er noch bei Verstand war. An Dinge aus vergangenen Zeiten erinnern sich alte Leute immer. Sagt zumindest Tante Julia.«

»Ist auch egal«, trieb Helge sie an. »Das können wir später klären. Jetzt müssen wir den Schatz finden, und bestimmt werden wir sehen, wer nachher hier oben herumschleicht. Eure Handys für den Notfall habt ihr dabei?«

Lia und Maybritt nickten.

»Habt ihr Netz?«

»Aye, aye, Sir!«, kam es wie aus einem Munde.

Dann gingen sie der Schatzkarte nach. Laut Geheimschrift sollten sie sich zuerst auf die andere Seite des Dachbodens begeben und auf die sich im Boden befindlichen Luken achten. Und so ging es weiter. Die Hinweise ähnelten denen für eine Schnitzeljagd auf Kindergeburtstagen.

Zuerst mussten die drei über den Holzsteg klettern. Sie kamen rasch auf die andere Seite des Dachbodens. Heute war die Webcam, die auf den Marktplatz gerichtet war, an. Sie durchforsteten den Boden, bis Maybritt schließlich aufgeregt an einer Luke stehen blieb, die man leicht übersehen hätte, weil sie so gut in die Dielen eingearbeitet worden war. Sie pfiff durch die Zähne. »Hier ist die erste!«, freute sie sich. Lia und Helge halfen ihr, sie zu öffnen. Doch sie war leer. »Es muss noch mehr davon geben«, sagte Lia. »Es ist ein C in der Karte eingezeichnet, und C heißt 3.«

»Kluges Kind«, lobte Helge und erntete dafür eine Kopfnuss.

»Halt die Klappe«, lachte Lia und hatte auch schon die nächste Luke gefunden. Sie klemmte. Nur mit Mühe bekamen die drei sie aus den Bodendielen gestemmt. Zuerst konnten sie kaum etwas erkennen. Helge leuchtete mit der Lampe seines Handys in alle Ecken, an Taschenlampen hatten sie nicht gedacht. Schließlich zerrte er einen vergilbten Plan heraus. »Was ist denn das?«

Er reichte ihn Maybritt, die sich sogleich daran machte, die Schrift zu entziffern. Sie wurde richtig aufgeregt, als sie erkannte, was sie da in den Händen hielt. »Das ist ein Liebesbrief. An eine Frau.«

»Der Brief des Engländers?«, fragte Lia ungläubig.

Maybritt nickte, richtete Helges Hand mit dem Handylicht auf das Papier. »Der Sprache nach ja.«

»Dann gab es ihn tatsächlich. Kannst du genug Englisch, um das zu verstehen?«

»Sieht so aus.« Maybritt las weiter. »Er hat ihr Ketten, Edelsteine und Gold geschickt. Das hat er auf irgendeiner

Insel im Pazifik gefunden. So eine richtige Piratenstory, scheint mir. Frerk und Hein sollten das alles an den Holländern vorbei nach Norden schmuggeln.«

»Der Brief ist hier angekommen, dann kann der Schatz auch nicht weit sein«, knurrte Helge. »Los geht's!«

Sie tasteten sich mit ihren Blicken konzentriert über die Bodendielen. Lias Herz klopfte zum Zerspringen, sie befürchtete, dass man es förmlich hören konnte. Es ging ja nicht nur um den Schatz. Sie mussten jederzeit damit rechnen, dass ihnen Kenos Entführer begegnete, denn der würde keine Zeit verstreichen lassen. Immerhin konnte er Keno nicht ewig gefangen halten. Lia hoffte inständig, dass er bald wieder freikäme. Sie alle verdrängten den Gedanken daran, Keno könnte mehr zugestoßen sein, hatten nicht darüber gesprochen, sondern sich Hals über Kopf auf die Schatzsuche gestürzt. Jetzt aber, wo sie sich dem Ziel näherten, spürte Lia die Anspannung, und sie wusste kaum, wie sie sie beherrschen sollte.

Schließlich befanden sie sich wieder vor der Tür zum Gründungsbestand. »Hier waren wir doch schon, was soll denn das?«, fragte Helge. Auch seine Stimme zitterte. Es erging ihm wirklich genauso wie Lia. Das beruhigte sie.

Maybritt hingegen strahlte, im Gegensatz zu ihren bisherigen Fällen, eine immense Ruhe aus, die Lia beeindruckte. Während sie und Helge ratlos dastanden, schaute sie sich um und zeigte auf eine nach oben führende, morsch wirkende Treppe, die sie bislang übersehen hatten. Lia leuchtete die maroden Stufen an. »Die war vorher nicht da«, sagte sie halblaut. Ihre Stimme klang dumpf.

Maybritt lächelte. »Doch, war sie schon, aber sie liegt so im Dunkeln, dass wir sie nicht entdeckt haben. Besonders vertrauenerweckend sieht sie tatsächlich nicht aus.«

Helge fuhr mit dem Zeigefinger über das Holz. »Da ist lange niemand mehr hinaufgeklettert. Da seid sicher.« Er rüttelte am Geländer, das sofort laut ächzte. »Und ich weiß nicht, wie stabil sie so ist.«

Lia leuchtete mit dem Handy hinauf. »Trotzdem müssen wir da hoch. Ich glaube, dass wir dort finden, was wir suchen. Warum auch immer uns dieser blöde Plan erst über den gesamten Dachboden gelotst hat.«

Sie beratschlagten noch eine Weile, wer es als Erstes wagte, nach oben zu klettern. Schließlich losten sie, denn sie waren übereingekommen, dass es nur einer tun sollte. Zu groß war die Einsturzgefahr.

»Dann mache ich mich mal auf den Weg«, sagte Lia, die das Los getroffen hatte, und machte den ersten Schritt auf die Treppe. Die knarrte bedenklich. Sie hielt inne, hob den anderen Fuß und setzte auch den auf. »Sie hält«, raunte sie. »Wenn ich oben bin, folgt Maybritt.« Jetzt wagte sie es, rascher zu laufen, und schon bald hatte sie die oberste Stufe erreicht. »Bin da. Hier riecht es muffig, und man kann kaum was erkennen. Mein ganzes Haar ist von Spinnweben bedeckt. Ekelig.«

Maybritt kletterte ihr ebenso geschwind hinterher, dann folgte Helge. Helges Handylampe spendete nur wenig Licht, doch es reichte, um den kleinen Raum auszuleuchten. Zu sehen war vorerst nichts. Außer einer alten Kiste, aus der zerfetzte Stoffreste herauslugten, und ein paar Geräten, die die Kinder nicht zuordnen konnten. »Das war wohl ein Reinfall!«, raunte Helge. Lia wollte nicht so rasch aufgeben und klopfte auf dem Boden herum.

»Sei leise!«, fuhr Maybritt sie an. »Unten ist noch Betrieb im Vossenhus. Nicht dass sie uns hören!«

Lia aber ließ sich nicht beirren. Ihr war es jetzt egal, ob jemand aufmerksam wurde. Sie waren so kurz vor dem Ziel! Plötzlich spürte sie etwas. »Heidewitzka, hier ist eine ebensolche Luke wie unten auf der anderen Seite des Dachbodens.«

Helge und Maybritt stürzten zu ihr. Mit vereinten Kräften hebelten sie die kleine Holztür auf und leuchteten in die Vertiefung. Eine dicke schwarze Spinne huschte erschrocken aus dem Lichtkegel, Kellerasseln suchten das Weite. »Es stinkt«, rümpfte Lia die Nase.

Auf den ersten Blick war wieder nichts zu erkennen, doch dieses Mal wussten die drei, wo sie vielleicht etwas finden konnten. Helge war der Mutigste und traute sich, mit der Hand unter die Ränder der Luke zu fassen. Die ganze Zeit fürchtete Lia, eine Schlange oder giftige Spinne würde auf den Schatz achtgeben und gleich zubeißen. Doch nichts geschah. Auch Frerk und Hein tauchten nicht überraschend auf.

Nach einer Weile stieß Helge einen anerkennenden Pfiff aus und zerrte eine Metallschachtel hervor. Auf deren Deckel war ein Fuchs abgebildet, der dem im Relief des Vossenhuses sehr ähnelte. »Das wird es sein«, sagte er.

»Die ist aber winzig!« Lia war enttäuscht. Echte Piratenschätze hatten normalerweise das Ausmaß von mächtigen Truhen, hier jedoch handelte es sich um die Größe einer Zigarrenschachtel.

»Warte doch erst mal ab, was darin ist!«, schlug Maybritt vor.

Helge machte sich an dem Deckel zu schaffen. Es dauerte eine Weile, aber dann sprang er auf. Trotz der Dunkelheit war das Glitzern in der Schachtel nicht zu übersehen. »Das sind Diamanten und so etwas!«, sagte Helge. »Wow! Wir haben den Schmuck der Verlobten des Engländers gefunden.«

Ehrfürchtig saßen die drei vor der Kiste. »Und nun?«, fragte Lia. »Jetzt haben wir das, aber wie bekommen wir nun Keno zurück?«

Plötzlich raschelte es. »Gar nicht! Der ist von Hein und Frerk entführt worden. Ihr glaubt doch nicht etwa, dass diese Geschichte ein Fake war?«

Die Kinder konnten nicht erkennen, wen sie vor sich hatten. Sie waren so in der Bewunderung des Schatzes vertieft gewesen, dass sie gar nicht gehört hatten, wie jemand ebenfalls die Treppe erklommen hatte. »Woher habt ihr das Wissen um dieses Vermächtnis?« Die Stimme klang dumpf und hohl.

»Wir hatten den Code. Der Engländer hat ihn uns gegeben«, erklärte Lia. Bestimmt war es besser, der Person gegenüber ehrlich zu sein.

»Der Engländer hat keinen Anteil mehr an dem Schatz!«

»Wer sind Sie?«, fragte Helge. Er hörte sich ebenfalls verängstigt an. Sie wurden weiter von einem grellen Licht geblendet, was zur Folge hatte, dass sie bald gar nichts mehr erkennen konnten. Lia fühlte sich unglaublich hilflos. Sie saßen in der Falle.

»Ihr habt einen Fehler gemacht. Niemand von euch hätte das verwunschene Buch lesen dürfen. Und ihr hättet die Schatzsuche lassen müssen. Das hier ist alles mein, ob es euch gefällt oder nicht.«

»Wer sind Sie?«, fragte nun auch Lia. Nur Maybritt hielt sich erstaunlich zurück.

»Das tut nichts zur Sache. Aber es wäre klug gewesen, die Zeichen ernst zu nehmen und Keno zu glauben.«

»Es gibt weder Geister noch verwunschene Bücher«, sagte Helge. »Machen Sie das Licht aus, und sagen Sie mir sofort, wer Sie sind und wo Keno steckt!«

Die Stimme begann zu lachen. Es klang hässlich und bösartig. Lia war mittlerweile sicher, wirklich ein Gespenst vor sich stehen zu haben. In was nur waren sie da hineingeraten?

»Ihr verhöhnt also einen Geist? Ihr solltet wahrlich mehr Respekt haben!«

»Ich weiß ja nicht einmal, wer da vor mir steht«, sagte Helge forsch. Während Lia immer ängstlicher wurde, schien er an Selbstvertrauen zu gewinnen. Sie zupfte ihn am Ärmel, fand es unklug, diese Stimme zu provozieren. Helge aber ließ nicht locker. »Wenn Sie uns nicht sagen, wen wir vor uns haben, können wir Ihnen auch keinen Respekt entgegenbringen.«

Der Geist lachte noch immer.

»Sie sind eine Frau«, stellte Maybritt plötzlich fest.

Das böse Lachen brach augenblicklich ab. »Gebt mir den Schatz! Dann trage ich für Kenos Freilassung Sorge.«

»Nein!«, sagte Helge mit kräftiger Stimme. Lia zollte ihm für diesen großen Mut Respekt, nur war es nicht wichtiger, Keno freizubekommen, als diesen Reichtum zu behalten?

»Woher sollen wir wissen, dass Sie Ihr Wort nicht brechen?«, fragte Helge weiter.

»Ich bin ein Geist, ich brauche keine Versprechungen zu machen. Ihr gebt mir die Truhe, dann wird Keno frei gelassen. Und ihr schwört bei eurem Leben, niemals auch nur ein Sterbenswörtchen über das zu verlieren, was ihr eben gehört, gesehen und erlebt habt.«

Nun herrschte Totenstille auf dem Dachboden. Die drei wussten nicht, was sie tun sollten. Konnten sie dem Geist trauen? Was war, wenn er log und Keno gar nicht in seiner Gewalt hatte?

»Die Kiste!«, wiederholte die Stimme schließlich.

Lia zuckte zeitgleich mit Maybritt und Helge zusammen, denn dieses Mal hatten sie erkannt, wer sie da anleuchtete. Die Person hatte nicht aufgepasst und sich nicht genügend verstellt.

»Sina!«, entfuhr es Lia. Obwohl es so unglaublich war, klang sie dennoch erleichtert, denn mit einer Sina konnte sie immer noch besser umgehen als mit der Geistererscheinung von Hein oder Frerk. Die hatte sich damit genauso erledigt wie die des geheimnisvollen Engländers. Lia hielt ihren Auftritt für einen schlechten Scherz.

Die Praktikantin senkte die Lampe jedoch sofort. Sie stürzte auf Helge zu, der die Kiste mit beiden Händen umfasste. Sie kämpften wie die Löwen darum, und Lia versuchte, ihrem Freund zu Hilfe zu eilen. Sie hatten Sina aber unterschätzt, denn plötzlich holte die aus und ließ die Lampe auf Helges Kopf niedersausen. Der sackte augenblicklich in sich zusammen, Maybritt und Lia eilten zu ihm, während Sina sich mitsamt der Beute von dannen machte.

»Er atmet noch!«, sagte Lia. Maybritt tippte bereits auf ihrer Handytastatur herum und rief einen Krankenwagen.

Einen Tag später im Krankenhaus Norden

Als Lia auf das Krankenhausgebäude zulief, hatte sie noch immer weiche Knie, wenn sie an die Ereignisse von gestern zurückdachte. An der Pforte wartete Maybritt. »Und, hast du Keno schon besucht?«

Lia nickte. »Ich komme eben von dort. Er ist wieder zu Hause, und es geht ihm gut. Sein Vorteil war, dass er gar nicht so recht etwas von seiner Entführung mitbekommen hat«, lachte Lia.

»Wie das?«

»Weil Sina seine Cousine ist. Sie hat ihm irgendein Märchen aufgetischt, dass sie sich um ihn kümmern soll und so. Und du kennst Keno: Der glaubt alles. Sogar an Geister wie den Engländer.«

Maybritt zog die Brauen hoch, kommentierte das aber nicht. Lia wusste, weshalb. Auch wenn es nun keiner mehr aussprechen mochte, so hatten sie doch alle an das verwunschene Buch und die daraus entstiegenen Figuren geglaubt. Nun war es ein bisschen leichter, das einzig Keno anzudichten. Alles andere wäre unsagbar peinlich gewesen.

»Weißt du denn, wie es Helge mittlerweile geht?«, wechselte Maybritt das Thema. Sie drückte auf den Fahrstuhlknopf.

»Hab eben kurz mit ihm telefoniert. Er hat noch mächtig Kopfschmerzen.«

Sie bestiegen den Fahrstuhl. Helge lag auf der Chirurgie. Sie hatten sich den Weg dorthin genau erklären lassen.

Als sie das Zimmer betraten, erschraken beide, denn um seinen Kopf war ein dicker Verband geschlungen. Er lächelte, als die Mädchen eintraten. »So sieht das aus, wenn man von einem Geist niedergeschlagen wird«, sagte er. »Hat man Sina mittlerweile gefasst?«

Lia nickte. »Ja, schon bald darauf. Sie wollte sich nach Holland absetzen und untertauchen, aber weit ist sie nicht gekommen. Sie hat ein volles Geständnis abgelegt.«

Helge setzte sich mit schmerzverzerrtem Gesicht auf. »Ich zerbreche mir die ganze Zeit über diese merkwürdigen Zusammenhänge den Kopf. Woher wusste zum Beispiel Martin Doms Vater von alldem?«

Lia ließ sich auf der Bettkante neben ihm nieder. »Maybritt und ich haben gründlich recherchiert. Pass auf: Martin Dom ist ein Bekannter von Sina.«

»Er ist also nicht mit Frau Wiesel zusammen?«

Lia schüttelte den Kopf. »Die sind wirklich nur gut befreundet, sie hilft ihm bei der Betreuung seines Vaters, mehr nicht.«

»Dann hat sie sich offenbar mit einem Verbrecher eingelassen«, stellte Helge fest und sank zurück in sein Kissen. »Und Sina steckt mit ihm unter einer Decke.« Aber jetzt mischte sich Maybritt ein. »Nein, so ist es eben nicht. Er wusste von nichts. Martin ist Historiker und forscht über die Geschichte Nordens. Dabei ist er auf alte Schmugglergeschichten gestoßen und auch darauf, dass man hier einen Schatz nie gefunden hat. Er ist der Sache nachgegangen und hat Sina davon berichtet. Sie unternehmen wohl hin und wieder etwas. Die wiederum ordnet gerade, zusammen mit Frau Wiesel, den Gründungsbestand, und da ist ihr das

Buch in die Hände gefallen. Es enthält genau die Legende, die Martin ihr erzählt hat. Also hat sie sich auf die Suche gemacht, ob dort Hinweise auf den Schatz zu finden sind.«

»Nur warum hat sie ihn nicht vor uns gefunden?«, fragte Helge. »Sie hatte schließlich sämtliche Anhaltspunkte.«

»Weil sie die genauso wenig verstanden hat wie wir. In der Lesenacht wollte sie noch einmal alles ergründen, doch dann sind wir ihr dazwischengekommen. Um uns zu stoppen, hat sie Keno entführt. Sozusagen als Warnung.«

»Moment«, unterbrach Helge Lia. »Da komme ich jetzt nicht mit. Was aber hat der Engländer damit zu tun?«

»Das ist eine völlig abgedrehte Geschichte«, mischte sich nun Maybritt ein.

»Erzähl!«

»Martins Vater ist dement, also ein wenig verwirrt, lebt in seiner eigenen Welt. Er hat das Gespräch zwischen Sina und Martin mitbekommen und sie angesprochen. Weil sie ihn nicht ernst genommen hat, hat Sina ihn mit allen möglichen Infos gefüttert, auch über das Buch. Er ist voll darauf abgefahren und sah sich plötzlich als den Engländer und den Mann, der Rechte an dem Schatz hat. Er hat dann diese obskure Gespensterstory erfunden, die Sina sich zunutze gemacht hat.«

»Aber wie kam er auf Keno?«

»Das war reiner Zufall. Keno ist viel allein, da hat er ihn auf dem Marktplatz angesprochen, als der Kleine auf dem Weg zur Lesenacht war. Keno hat ihm auch jedes Wort geglaubt.« Lia grinste.

Helge kratzte sich am Verband. »Dennoch hatte er die letzten Infos, die uns zum Schatz gebracht haben.«

Maybritt seufzte. »Leider nicht. Du erinnerst dich, wie wir eigentlich nur im Kreis gelaufen sind? Er ist ein großes Kind und hat sich das alles nur ausgedacht. Es war reiner Zufall, dass wir auf die marode Treppe aufmerksam geworden sind.«

»Aber es gab doch den Liebesbrief des Engländers«, warf Helge ein.

»Dafür gibt es keine Erklärung. Die Polizei vermutet, dass der Schatz vielleicht zuerst dort gelegen hat und später nach oben gebracht wurde. Laut Martins Aussage ist der Brief echt.«

»Weiß denn jemand, mit wem er dieses komische Telefonat vor dem Rathaus geführt hat?«, fragte Helge, der noch immer nicht ganz von Martin Doms Unschuld überzeugt war.

»Na, mit Sina! Er hat ihr ja immer alles brühwarm erzählt. Schließlich wusste er nicht, was sie plante.« Maybritt war ans Fenster getreten und schaute in den Park. Die Sonne ging gerade unter. »Die Stadt Norden ist jedenfalls unglaublich stolz auf uns. Weil wir ein altes Kulturgut aufgespürt haben und es vor Sina retten konnten. Ohne unsere Neugierde hätte sie den Schatz ganz sicher irgendwann gefunden und wäre heimlich damit verschwunden.«

»Bleiben nur der seltsame Zufall, dass zweimal die Birnen durchgebrannt sind, und diese eigenartigen Schritte. Aber das wird ewig ein Geheimnis bleiben.«

»Nein«, lachte Maybritt. »Wie sagst du so schön selbst? Alles hat eine natürliche Erklärung.«

Helge sah sie fragend an.

»Ein Marder«, erklärte Lia. »Ein einfacher Marder, der

von uns aufgeschreckt war und geflüchtet ist. Die laufen ja so komisch.«

»Man nennt das Mardersprung!«, klärte Helge sie mit wissendem Blick auf.

Lia und Maybritt verdrehten die Augen. »Ja doch, ein Mardersprung! Wenn du das sagst! Jedenfalls scheint der auch irgendwo ein Kabel angenagt zu haben, weshalb wirklich der totale Stromausfall herrschte. So vermutet man es.«

»Gut, dass Lia mal wieder nicht locker gelassen hat«, grinste Helge. »Ich habe zu Beginn gedacht, die spinnt. Wie immer!«

Lia bedachte ihren Freund mit einem vernichtenden Blick. So war er. Aber sie konnte ihm nie böse sein. »Eines gibt es noch zu berichten«, lachte sie schließlich.«

Die beiden sahen sie fragend an.

»Das blaue Buch ist verschwunden. Frau Meyer hat erzählt, es sei wie vom Erdboden verschluckt.«

»Es ist eben doch verwunschen und durfte nur so lange bleiben, bis die Mission erfüllt ist«, sagte Maybritt.

Lia kroch ein Schauer über den Rücken.

Danksagungen

Ich hoffe, euch hat diese kleine Gruselgeschichte gefallen. Natürlich gibt es keinen Schatz im Vossenhus, das habe ich mir nur ausgedacht, ihr braucht den Dachboden nicht zu stürmen, obwohl es wirklich einmal ein altes Kaufmannshaus war und der Speicher über viele verwunschene Ecken und auch den alten Gründungsbestand der Bibliothek verfügt.

Sehr wohl gab es auch früher Schmuggler in Norden, die auf gefährliche Art und Weise ihre Geschäfte getätigt haben. Obwohl die Geschichte in der Stadtbibliothek Norden angesiedelt ist, sind natürlich alle im Buch vorkommenden Personen frei erfunden. Es gibt weder Frau Meyer noch Frau Wiesel und auch keine Sina als Praktikantin.

Mein herzlicher Dank gilt Frau Czepul von der Stadtbibliothek Norden, die mir tiefe Einblicke in das alte Gemäuer des Vossenhuses gegeben und mich ausgiebig herumgeführt hat, damit ich auf dem Dachboden das richtige Gruselgefühl entwickeln konnte. Ich danke ihr auch für die vielen Fotos, Zeitungsberichte und die Unterstützung in allen Schreibphasen. Die Zusammenarbeit hat viel Freude gemacht.

Weiter danke ich Inga und Lea fürs Gegenlesen. Diese Arbeit ist immer so immens wichtig, und eure Einschätzung hat mir sehr geholfen.

Und ich danke meiner Familie für die unendliche Geduld, wenn ich mal wieder in die Geschichte des verwunschenen Buches abgetaucht war.

Und wie immer gilt mein Dank dem geschulten Blick meiner Lektorin Nicola Härms.

Regine Fiedler (Kölpin)
im März 2014